BBULMEDIA

http://www.bbulmedia.com

왕조의 아침

경록 대체 역사 소설

7

남해(南海)의 진량(津梁)

뿔미디어

목차

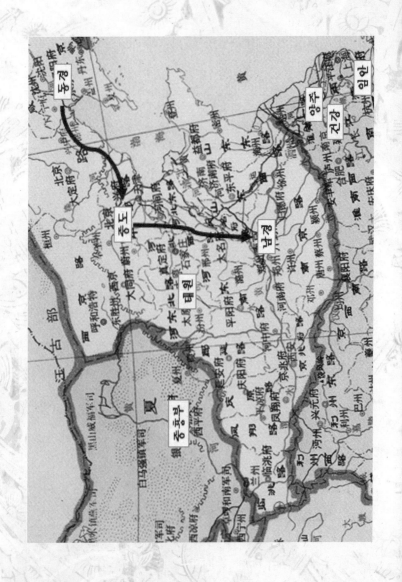

제37장

담판

1163년, 가흥(嘉興) 2년.

폐주를 몰아내고 고려의 보위에 등극하여 직접 천단
(天壇)을 쌓고 건원하여 명실상부하게 고려국 대황제
의 자리에 오른 왕경의 치세도 한 해가 지나갔다.

반정 당시에 불타오른 도읍 개경은 이제 완전히 복
구되어 국도(國都)의 꼴을 이제 다시 갖추었다. 그러
나 도성을 다시 재건하는 데에는 수만의 금자가 들어
갈 수밖에 없었다.

이 돈은 대개 반정의 주역인 공신들의 손에서 나온

것이었고, 때문에 개경에는 그들이 소유한 건물이 수백 채가 넘어가고, 바닥난 조정의 국고(國庫)로는 감히 황궁을 개건할 엄두도 내지 못하는 상황에서 거의 궁궐에 버금가는 저택들이 여기저기 지어지고 있는 상황이었다.

이 마당이 되고 나니 황제의 입지라는 것이 참으로 매우 서글프게 되었다. 분명히 공신들에 의해 추대된 황제이며, 명석하고 의지가 있는 왕경이었다. 그러나 임금의 용포(龍袍)마저도 계절 따라 새로 지어 바치지 못할 정도로 돈이 씨가 마르다 보니 임금이 할 수 있는 일이라고는 없는 것이나 매한가지였다.

사정이 이렇게 된 데에는 석년(昔年)의 임금이었던 폐주가 온갖 사치와 방탕으로 국고를 거덜 내게 만든 것도 있거니와, 둘째로는 재작년 금나라로의 출병으로 군사 비용을 막대하게 지출했을 뿐더러, 셋째로는 가을걷이가 두 해째 신통치 않았고, 마지막으로 재작년과 작년에 그나마 남아 있는 국고를 비워서 세금을 걷기는커녕 반정의 피해를 본 패서(浿西)와 개경을 재건하고 그 민심을 위무하지 않으면 안 되었기 때문이다.

이 마당이 되니, 임금 왕경은 전적으로 공신들의 재물에 의존하여 국정을 이끌어 나가지 않으면 안 되게 되었다. 그 와중에 가장 많은 돈을 임금에게 바쳐서 그나마 숨통을 틔워준 것이 바로 동래 정씨의 일문(一門)이었다.

"제실(帝室)과 동래 정씨는 불가분의 관계로 맺어졌으니, 이제 정씨가 없으면 왕씨도 없고, 왕씨가 없으면 정씨도 없다."

저자에서 들려오는 이야기라는 것이 대개 이러한 것이었다. 폐주가 아슬아슬하게 왕권을 강화하기 위해 줄타기를 해오던 것도 이제 소용이 없었다. 임금 왕경 그 자신은 내색이 없었으나 마음속으로 이것이 달가울 리 없었다. 임태후와 단둘이 앉은 자리에서는 근심이 자기도 모르게 절로 나오는 것이었다.

"황제의 위에 올라 나라를 다스리게 되었으나, 나라의 곳간은 텅텅 비었고, 오로지 공신들의 도움 없이는 옥쇄를 뜻대로 찍을 수도 없는 상황입니다. 허울만 황제이게 되었으니, 이것이 소자의 무능함 탓일는지요."

오랜 유폐 생활과 형이었던 폐주의 탄압에도 불구하

고 꿋꿋하게 절도를 잃지 않은 황제였다. 그러나 지금은 눈 밑에 시름이 거무죽죽하게 묻어 있고, 이제는 그 젊음도 그를 떠나가려는 듯 주름이 얼굴에 잡히고 있었다. 제위에 오른 뒤 1년 만에 부쩍 건강을 잃은 것처럼 보이는 황제의 모습에 어미 된 임태후의 마음이라고 편할 리가 없었다.

"그들의 도움으로 제위에 올랐으니, 그들의 재산을 국가에 바치라고 할 수도 없는 노릇이거니와, 그랬다가는 도리어 된서리를 맞게 되고 말 것이니, 참으로 답이 없는 노릇이 아닙니까. 그래도 차근차근 풀어 나가보아야지요. 정치라는 것이 원래 그렇습디다. 임금이라 하더라도 내어줄 것은 내어준 다음에 얻어 올 것은 얻어 와야 잡음이 없는 법이지요. 폐하의 형왕(兄王)은 그 이치를 몰라서 서로 찢어놓고 다투게 만들어 신료들을 분란케 하려 하였습니다. 그러나 그것은 어디까지나 임금에게 막대한 권세가 있을 때 가능한 일이지요. 부디 근심키보다는 전철을 밟지 마시어 만만세 보위를 이어 나가길 바라는 것이 이 어미의 마음입니다."

황제의 오른팔로 임태후가 동래 정씨를 붙여주고, 그 동래 정씨가 사람을 불러 모아 반정에 큰 힘을 보태었다. 김돈중 같은 권신도 그렇고, 무신들도 그러했다. 이제 이들은 자신들을 위한 새 세상이 왔으니 나름의 보상을 기대하고 있는 상황이었다. 그러니 지금은 그 대가를 치러야 할 때였다.

　팔은 안으로 굽는다고, 아끼던 아들이 이제 보위에 올랐으니 임태후야 아들이 큰 힘을 지닌 황제가 되기를 바라 마지않는 노릇이나, 구중궁궐에서 평생을 보낸 그녀의 눈에는 지금은 황제가 오히려 의연해져야 할 때였다.

　"봉건(封建)의 제도를 시행하라는 청이 공공연하게 정전에서 오가고 있는 것을 아십니까?"

　"듣다마다요. 그래서 그것이 폐하께서 생각하기에는 옳지 않아 보이십니까?"

　"역대의 선황제들께서 신라 말대의 혼란을 수습하고, 천하의 귀족들을 제 땅에서 찢어놓아 겨우 개경의 궁궐로 불러들여 녹을 받아먹는 신료로 만들어놓았습니다. 그런데 이제 다시 그들을 제 땅으로 풀어주어

사병을 기르고, 세금을 받아먹고, 언제고 개경을 향해 창끝을 돌릴 수 있는 세력으로 만들어주라는 이야기가 아닙니까."

황제의 어조는 화가 묻어나고 있는 것이라기보다는 지쳐서 안으로 잠겨들고 있는 것이었다. 임금은 말끝을 흐리다 말고 덧붙였다.

"당연히 그럴 수가 없지요."

당당하게 세상을 향해 펼쳐져 있던 황제의 강골 어깨도 지금은 앞으로 볼품없이 굽어서 그가 짊어지고 있는 짐에 짓눌려 있었다. 어미는 그것을 안쓰럽게 쳐다보며 입을 열었다.

"그리 나쁘게 생각할 것만은 아닙니다."

"무슨 말씀이신지요?"

"어차피 동래 정씨나 김돈중 같은 이들이나 개경에서 녹을 받아먹는 관료라고는 하지만, 그 가문들이 실상 제 근거지에서는 고을 하나가 제 땅이나 다름없고 그렇지 않습니까?"

"물론 그렇기야 하지요."

"무신들은 그러한 훌륭한 전답과 소출이 없으니, 오

로지 왕실에서 베풀어주는 것에 의지할 수밖에 없게 되었고, 그 결과가 어떻습니까? 제 주인은 물어뜯어서 새로운 주인을 올려놓고 이제 땅이 나오기를 바라지 않습니까?"

"그래서 주지 않을 수 없게 되었지요."

"주세요. 땅을 주고, 작위도 주고……. 대신에 그 땅에서 나오는 세의 삼분의 일을 조정에 바치게 하세요. 대신 넓은 땅을 주어서는 아니 될 것이고, 공신 가문의 적자를 제외하고는 그 봉토를 절대 물려받게 해서는 안 됩니다. 대가 끊어지면 땅은 다시 왕실로 귀속되도록 단서를 다세요. 고려 땅은 여전히 넓습니다. 고을 하나 정도씩을 열 명가량의 공신들이 하나씩 차지하고 들어앉았다고 해서 크게 달라질 것이 없어요. 대신에 이들의 도움을 받아서 봉토 없이 가문 소유의 전답에 의존해서 위세를 부리려 하는 권문세족들을 적극적으로 찍어 누르세요. 그 전답을 몰수하고 빼앗아 나라의 것으로 만들고, 봉신들의 우위에 서시면 됩니다. 몇 년이 지나지 않아 국고는 빠르게 채워질 것이고, 나머지는 그때 가서 생각해 봐도 될 일이지요."

"지금이야 별다른 뾰족한 수가 없다는 것을 압니다. 그런데 어찌 왕토를 찢어서 신료들에게 나누어 준단 말씀입니까."

황제라고 지금 임태후가 하는 말이 그르지 않다는 것을 모르지 않았다. 그러나 황제의 보위에 오른 뒤 1년간 느낀 무기력감이 그를 괴롭게 하고 있었다.

"그게 뭐 별일입니까. 어차피 폐하의 것이 아닌 것으로 저들을 기쁘게 하고, 그 빌미로 저들로 하여금 궁중에 봉사케 하여 폐하가 원하는 것을 얻으면 될 일이지요. 동래 정씨에게는 동래를 포함한 울주 땅을 주고, 김돈중에게는 그 가문의 기반인 동경을 내어줄 수는 없으니, 동명(東溟, 관동 지방)의 명주(溟州)를 비롯하여 서너 고을을 희사하세요. 여러 고을을 받게 되었으니 동경에서 그곳으로 세거를 옮기라 하여도 결국 불만치 못할 것입니다. 그 땅은 생각보다 척박하고 험한 준령(峻嶺)으로, 옥토(沃土)와 분리되어 있으니, 그곳에서 혹여 나중에 반역하려 하더라도 뜻한 바를 이루기 어려울 것입니다. 예전 국초에 그 지방의 토호들이 목소리가 드높았던 것은 그 산간을 넘어 왕령(王

왕토의아침

領)에 굴복시키기 어려웠기 때문입니다. 그러나 반대로 김돈중이 그곳에서 우리를 대적하기는 어렵겠지요."

"좋습니다. 그래서 울주도 떼어주고, 명주도 내어주고… 그러면 도대체 무신들에게는 무엇을 주어야 합니까?"

"정중부 등을 위시한 왈패들이 힘을 가지고 국정을 좌지우지하게 해서는 안 됩니다. 차라리 현(縣) 단위의 고을을 찢어서 내어주어 그곳에 내려가게 만드십시오. 그곳에는 제 세력도 없고 무엇도 없이, 혈혈단신으로 고을을 제 것으로 만드는 데에만 십여 년을 보낼 수밖에 없을 것입니다. 그동안 무위(武衛)는 폐하께서 포섭하셔야지요. 정중부, 이의방과 같은 자들을 적당히 기름지지도 않고, 너무 박하지도 않은 작은 고을 하나씩을 봉토로 내어주어 작위를 주면 감히 그들도 불만을 토해내지 못할 것입니다"

임태후의 말에 황제의 눈매가 좁아졌다.

"그것으로 정말 괜찮겠습니까?"

"봉지를 받는 대가로 나랏일에 직접 신발을 단단히

동여매고 나서게 만드셔야지요. 그것은 폐하께서 하실 일입니다. 그래서 저들에게 너무 많은 것을 주어서도 아니 되고, 너무 적은 것을 주어서도 아니 됩니다. 공신들을 지방으로 찢어 내려보낼 기회라고 생각하면 그리 나쁘지는 않을 겝니다. 주는 땅은 황도에서 멀면 먼 곳일수록 좋겠지요."

임태후는 궁궐에서 잔뼈가 굵은 여자였다. 이제 다시 권력의 중추로 돌아왔으니, 아들을 잘 설득해 현명한 방책을 취하게 만드는 것은 그녀에게 크게 어려운 일이 아니었다. 물론 그녀가 생각하기에 현명한 방책이라는 것이 꼭 왕조의 대계(大系)에 올바른 일이라고는 할 수 없을 것이나, 그것이 수십 년 뒤, 백 년 뒤에 어떠한 결과로 이어질지는 아무도 알 수 없는 노릇이 아닌가. 그것은 춘추를 꿰뚫고, 미래를 내다볼 신통력을 가진 도인이 아니고서야 감히 가늠할 수 없는 일이다.

그러나 공신이라는 이유로 지금 무소불위의 권력에 접근하고자 개경에 주저앉아 위세를 부리고 있는 이들을 이대로 둔다면, 그들은 황제를 허수아비로 만들고야 말 것이다. 차라리 그럴 바에는 잠재적인 미래의 우환이 되더라도 당장 찢어서 지방으로 내려보내는 것이 옳았다.

"고민을 해보겠습니다."

황제는 조금은 납득을 한 듯싶었다. 임태후는 나직이 한숨을 쉬고서 황제에게 조언을 했다.

"부마(駙馬)를 불러서 이야기를 나누어보세요."

"그 아이가 과연 짐을 위해 꾀를 내어줄까요, 아니면 제 가문을 위해서 나를 속이려 들까요? 지금은 그 아이조차도 믿을 수가 없습니다."

"정씨 가문을 적이라고 여기지는 마세요. 그들이 폐하를 보위에 올리고, 폐하가 필요한 자금을 모두 대었습니다. 지금 와서 그들을 멀리하고 내돌리기 시작하면 세간의 민심도 수군댈 뿐만 아니라, 정씨 가문에서도 폐하를 경원시하게 될 것입니다. 진정 그것을 원하십니까?"

"인주 이씨처럼 될까 두려운 것이지요."

인주 이씨라는 말에 임태후의 얼굴에서 그늘이 조금 묻어 나왔다. 이자겸(李資謙)이 왕실을 쥐고 흔들면서 대대로 자기 여식을 왕가에 시집보내 그 혈통을 장악하고 사실상의 임금처럼 노릇했는지를 잘 알고 있는 임태후였다.

"혹여 정말 그것이 두렵다면, 그렇기 때문에라도 그 가문을 동래로 보내 자기 땅에 신경을 쏟게 만들어야지요."

"……"

임금의 고개가 끄덕여졌다.

봄비가 부셔져 내리고 있었다.

개경 흥인방(興仁方)의 자기 집 마루에 앉아서 정민은 적당히 쓸쓸하게 달인 녹차 한 모금으로 입을 적시며 비가 내리는 모양을 하릴없이 바라보고 있었다. 그의 옆에는 조인영이 조신하게 앉아서 정민의 잔이 비면 조심스레 그것을 채워 넣고 있었다.

"올해는 봄비가 지난해에 비해서 많아 다행이오."

정민이 채워진 찻잔을 다시 입가에 가져가 한 모금

들이켜고 나서 옆에 앉은 조인영을 바라보며 입을 열었다. 이제는 꽤나 능숙해진 한어(漢語)였다. 조인영은 정민이 갑작스럽게 입을 열자 살짝 당황하여 찻주전자를 상에 내려놓는 것도 깜빡하고 그를 바라보았다.

"예? 확실히 비가 많이 오기는 하지요."

"강남 땅에는 이 계절이면 비가 수시로 내려 땅을 적신다고 하던데, 고려는 그래도 봄이면 늘 가물까 걱정이니……."

정민은 옆에 앉은 조인영을 보니 문득 그런 생각이 들었다. 조인영이야 망한 북송의 포로로 끌려온 황실의 말예(末裔)인지라 태어난 뒤로 줄곧 척박한 갈라전의 산간지대에서 추위와 빈궁함과 씨름하며 살아왔었다. 그러나 그녀와 핏줄을 함께 나눈 이들은 지금 따뜻한 강남 땅에서 왕조를 이어 반쪽짜리 제국을 이끌고 있었다. 나라가 두 동강이 났다고는 하나, 그래도 기름진 강남 땅을 끼고 사직을 이어 나가는 것이 북쪽 동토의 삼림 가운데에 유폐되는 것 보다야 낫지 않겠는가. 문득 그녀가 가련하고 안쓰럽기도 하다는 생각이 들다가 저도 모르게 실없는 소리가 나온 것이었다.

"고려 말은 좀 능숙해지셨소?"

"점차 나아지고 있습니다. 그래도 부마도위께서 한어가 입에 익으신 것에 비하면 많이 늦지요."

조인영은 강남 땅으로 가는 것을 마음에서 접은 뒤였다. 혹여 몰라 고려 땅에 들어온 뒤, 정민이 부리는 상인들을 통해 남송에 그 의중을 물어보았으나 크게 반기지도 않고, 마뜩찮게 여기고 있다는 사실만 알게 되었기 때문이다.

현 남송 황제의 입장에서는 금나라 땅에 남아 있는 자기 혈육들이 그야말로 근심거리가 아닐 수 없었다. 그 근심거리라는 것이 다시 가족과 모국의 품으로 돌아오지 못하게 하여 근심인 것이 아니라, 언제고 남송 정권의 보위 정당성에 이의를 제기할 수 있는 이들이라서 그런 것이었다.

도망친 이들이 임안으로 내려가 세운 정권이었다. 애초에 잡혀간 아비와 형을 어떻게 찾아올 도리가 없으니, 스스로 면류관을 쓰고 왕조를 이었다고 천명한 황제였다. 더군다나 금나라와의 전쟁에서 큰 공을 세웠을 뿐 아니라, 새롭게 금 황제로 등극한 완안옹과의 협상에서도 실리를 챙기며 순조롭게 전쟁을 마무리 지어 태자의 자리를 굳힌 건왕 조위로서도 황족이 늘어나는 것이 반가울 리 없었다.

'안쓰럽다고 하면 안쓰럽다고 해야 할지……. 아니면 애초에 그 북방의 험지에서 고난스럽게 사느니 고려 땅에 와서 의식이라도 풍족히 하고 있는 것으로도 충분한 것인지.'

정민은 조인영을 볼 때면 왠지 모르게 안쓰럽기도 한 마음이 드는 것이 사실이었다. 하얀 얼굴에 큰 눈만 동그라니 끔뻑이고 있어서 더 그렇게 보이는지도 모르겠다.

"차를 더 따라 드리리까?"

정민이 물끄러미 그녀의 얼굴을 쳐다보고 있자, 조인영은 얼굴이 화끈 달아올라서 고개를 돌리며 찻잔으로 시선을 옮겼다.

'거둬들여야 하나……. 아니면 중신이라도 해야 할 것인가.'

조인영의 나이도 벌써 스물둘이었다. 혼기가 훌쩍 지나가고도 남은 나이였다. 고려에 남기로 하였으니 이제 어떻게든 살아갈 길을 보아주어야 할 텐데, 마땅치 않은 것이 문제였다. 조인영의 혈통을 고려한다면, 언제고 정치적으로도 정민에게 도움이 될 것이거니와, 그 외모도 아름다웠으니 자신이 거두는 것도 나쁠 것은 없었다. 다만, 다르발지가 조인영으로 하여금 자꾸 자신의 시중을 들게 하고 옆에 붙여두려는 의도가 무엇인지 짐작을 하고 있기에 선뜻 그럴 수 없는 것이 문제였다.

'집안을 평안하게 하고자 한다면 다르발지에게 조금 힘을 실어주는 것도 나쁘진 않지. 하지만 그렇게 되면 연이가 소외감을 느끼게 될 것이다.'

각각 집의 내당(內堂)과 별채를 차지하고 앉은 왕연과 다르발지 사이에는 딱히 충돌도 없지만, 그렇다고 분위기가 화기애애한 것도 아니었다. 다르발지는 왕연에게 책을 잡힐 일이 없도록 깍듯이 그녀를 윗사람으로 대접했고, 왕연도 그녀를 붙들고 괜한 분란을 만들지 않았다. 둘 다 현명하게 처신해 주고 있는 셈이었다. 그러나 혹여나 사소한 다툼이 불씨가 되어 집안이 어지럽지 않게 하기 위해서는 정민이 신경을 쓸 필요가 있었다.

'그렇다고 마땅한 혼처도 생각이 나지 않고.'

조인영을 시집을 보내자니 그것대로 자신만 믿고 따라온 다르발지가 집 안에서 소외감을 느끼게 될까 저어되기도 하고, 고려 땅에 마땅한 혼처가 있을지도 자신이 없었다. 애초에 그녀가 대송의 황족이라고는 하나 당장 그녀를 정치적인 이익이라 간주할 수는 없는 고려의 명문대가 가운데에서 혼기가 지난 그녀를 덜컥 받아들일 이유는 오로지 동래 정씨와의 별거 아닌 연이라도 이어두기 위한 것 외에는 없을 것이다. 그런 결혼이 행복할지 행복하지 않을지는 정민이 감히 가늠할 수 없는 것이나, 조인영까지도 딱히 그럴 의지를 보이고 있지 않으니 섣부르게 추진하기도 애매했다.

'도대체 무슨 생각을 하는지 알 수가 없으니.'

아직도 얼굴을 붉힌 채로 시선을 모로 피하고 있는 조인영을 보며 정민은 속으로 혀를 끌끌 찼다. 그녀의 앞섬 사이로 살짝 드러난, 봉긋하게 솟은 가슴살에 잠시 시선이 갔지만, 그곳에 시선을 오래 머무르지 않고 정민은 다시 비가 오는 마당으로 시선을 옮겼다. 그때,

누가 마당으로 뛰어 들어왔다. 비를 홀딱 맞은 채로 하인 하나가 섬돌 앞까지 다가와 무릎을 꿇고 앉았다.

"궐전으로부터의 호출이십니다. 폐하께서 찾으십니다."

자신을 불렀다는 것이 황제라는 소리를 듣고 정민은 올 것이 왔다고 생각했다. 정민은 나름 공신 가문의 일원인데다가 벼슬도 높아졌고, 무엇보다도 황제의 사위임에도 불구하고 지난 석 달 넘게 황제의 용안을 친견할 일이 없었다. 황제의 머릿속에서 복잡한 생각이 오가고 있음은 넘겨짚지 않아도 가늠하고도 남을 수 있는 일이다. 괜히 조바심을 부리다가 황제의 경계를 살까 두려워 정민은 그동안 자중하고 있었다. 이제 무언가 나름의 정리가 되었으니 자신을 부르는 것일 터였다. 조금은 긴장이 되기도 했지만, 이번에 황제가 어떻게 마음을 먹었느냐에 따라서 정민 자신의 행보도 크게 바뀌게 될 것이었다.

"하녀들을 불러 입을 관복을 내어오고 행차할 채비를 좀 하여주시겠소?"

"예? 예! 물론이지요."

멍하니 앉아 있던 조인영은 정민의 말에 다시 화들짝 놀라 대답했다. 그녀는 자신에게 그런 것을 부탁했다는 것이 마치 남편이 아내에게 하는 부탁 같다고 생각하며 혼자 또 부끄러워져서 얼굴이 새빨갛게 되었다. 그러나 정민은 조인영의 표정 변화까지 살펴보고 있을 정신이 아니었다. 어쩌면 오늘이 앞으로의 수십 년을 가를 담판의 장이 될 수도 있는 노릇이었다. 이것은 반정보다도 더 큰일이었다.

우두머리를 바꾼다고 제도가 바뀌지는 않는다. 사람은 바뀌어도 제도는 영속하기 때문이다. 그러나 한 번 바꾼 제도는 다시 되돌리기가 쉽지 않다. 그래서 그만큼 처음 시행하기도 어려운 것이다. 지금 정민은 그것을 황제로 하여금 하게 할 작정이었다. 그리고 그것은 지금이 아니면 가능하지가 않아 보였다.

고려 황궁(皇宮).
고려의 정궁(正宮)에는 따로 붙은 이름이 없었다.

그러나 거창한 이름이 붙지 않더라도 그곳이 고려 전토를 통치하는 황제가 기거하는 곳임을 모르는 이는 없었다. 그러나 지금은 일전의 화재로 인하여 건물의 상당수가 소실되었고, 겨우 담과 문루만을 재거하여 밖에서 그 안의 참람함을 보지 못하게 해둔 정도가 전부였다. 언젠가는 재건해야 할 터였으나, 지금으로서는 황제가 가진 역량으로는 가능하지가 않았다. 그렇잖아도 불탄 전각을 헐어버린 자리들에는 토대만 남아 휑하기 짝이 없는데, 봄비까지 떨어져 내리고 있으니 그 풍광이 을씨년스럽기 짝이 없었다.

정민은 황제가 이런 곳에서 기거하면서 마음이 편치 않음을 짐작을 하면서도 애써 아무렇지 않은 척 내관이 안내해 주는 대로 궁궐 깊은 곳으로 따라 들어갔다. 염원하던 자리에 올랐으나, 그 자리에 앉아 있는 것만으로는 할 수 있는 일이 없다는 것이 장인의 마음에 무슨 생채기를 내었을지 정민으로서는 가늠하기 어려웠다. 권력이라는 것은 손에 쥐게 되면 많은 것을 가져다주지만, 동시에 잃게 되면 모든 것을 잃게 만든다.

황제는 이제 아마도 그것을 깨달았을 것이다. 그다음에는 권력을 유지하기 위해서 가족과 친지, 그리고 한때의 동지들마저도 언제고 팽할 수 있도록 칼을 가는 것 외에는 도리가 없었다. 그러나 지금의 황제는 권력을 갖고 있다고 칭해주는 것이 사치일 정도로 전적으로 공신들의 재력과 권력에 의존해서 국정을 운영해 나가고 있었다.

그것은 비참한 일이었다. 국고는 비었고, 권력은 불안정하니, 오로지 실제로 그것을 쥐고 있는 사람들에게 기댈 수밖에 없는 것이었다. 그것이 늘 당당하고 자신감 있던 황제의 어깨마저도 움츠러들게 만들었으리라.

"왔느냐?"

먹구름이 잔뜩 끼어 빛이 들지 않는 내전은 등불을 틔워놓았으나 습하고 어둡기는 매한가지였다. 황제는 덤덤한 표정으로 앉아서 다가와 엎드린 정민에게 물었다.

"소신 정민, 부르심 받잡고 대령하였나이다, 폐하."

"가까이 와 앉게."

정민은 황공하여 그럴 수 없다고 사양하였으나, 황제의 거듭된 재촉에 사람 한 명 드러누울 거리 정도까지 다가가 앉았다. 황제는 시립하고 있던 내관까지 물린 다음 사실상의 독대하는 자리를 만들고서 정민에게 물었다.

"봉건지책을 시행하고 싶은가?"

생각보다 직설적인 물음에 정민은 순간 대답을 어찌해야 할지 갈피를 잡지 못했다. 공공연하게 떠든 적은 없지만, 공신들을 부추겨 은근슬쩍 그런 말이 조정에서 돌게 만든 것이 자신이기는 했다. 그러나 혹여 그러한 논의의 원흉으로 지목될까 싶어 늘 조심해 왔는데, 황제가 그것을 자신에게 직설적으로 물어오니 내심 당황하지 않을 수 없던 것이다.

"짐이 곰곰이 생각을 해보았다. 공신들이 봉건의 제도를 원하는 것은 충분히 짐작할 수 있는 일이다. 그러나 그러한 제안이 누구에게서 가장 먼저 나왔을지는 좀체 가늠을 할 수가 없었다. 그것이 마땅한 일인지 아닌지 고민을 하는 사이, 어느새 그것이 내가 당연히 그네들에게 주어야 할 은상이 되고야 말았다. 이제는 결정을 내리지 않으면 안 될 시기가 되었다."

황제는 딱히 대답을 바라는 것이 아니었는지, 정민을 가만히 바라보며 말을 이었다.

"폐하, 마땅히 그것은 폐하의 뜻대로 결정할 일이지, 신료들이 감히 왈가왈부할 게 아닌 일이라고 사료되옵나이다."

"정말 그대의 생각조차 그러한가? 그대가 동래에서 일구어놓은 모든 것을 짐에게 헌납하고 나라에서 주는 녹만을 받으며 나를 위해 새로운 일에 시무(始務)하라고 한다면 그리할 수 있을 것인가?"

"마땅히 그리할 것이나이다."

당연히 그럴 수 없는 일이다. 정민이 그간 개경에서, 그리고 금나라에서 공력을 들여왔던 모든 일들의 귀결은 당연히 동래에서 그가 펼칠 꿈의 초석이 되어야 할 일이지, 동래를 들어 바쳐서 조정에서 권세를 누리는 것은 본말이 전도된 일이었다. 그러나 어찌 감히 황제의 앞에서 진심을 고할 수 있겠는가. 황제가 자신을, 아니, 정확히는 동래 정씨의 힘을 필요로 하는 만큼,

자신도 황제를 필요로 했다. 그것은 불가분(不可分)의 관계였다.

"짐은 고민을 많이 해보았네."

"……."

"일장일단이 있겠지. 장점이라는 것은 공신들에게 사실상 그들이 가진 것이나 다름없는 땅을 인정해 주고 나라에 바쳐야 할 조세 외에는 그들이 그곳에서 사실상의 소왕(小王)처럼 군림하게 두는 대신에 나라의 알짜배기는 짐이 쥐고 자잘한 사전(私田)들을 혁파하여 짐의 국고를 채우는 것일 터이다."

황제는 그렇게 말하고서는 서안에 놓여 있던 두루마리를 정민 앞으로 펼쳐 놓았다. 그것은 고려의 국토가 그려진 지도였다.

"보라. 고려는 넓지도, 좁지도 않은 나라이다. 그래서 천 년이 넘는 세월 동안 일국(一國)을 꾸리기에는 부족하지 않아 중원에 복속되지 않고 왕조를 번성시킬 수 있었다. 그러나 넓지도 않아서 여러 개의 나라가 병존할 여력은 되지 않는다. 그래서 종래에는 삼국이 신라의 손에 일통되고, 그 뒤에는 고려가 삼한(三韓)

을 거느리게 된 것이었다. 그런데 지금 다시 그 땅을 찢어서 조그만 나라들을 만들어두면 어떻게 될 것인가. 봉건의 전례를 만들면 누군가 공훈을 세울 때마다 왕토를 찢어 그들을 봉해야 하지 않겠는가. 그렇게 백년이 흐르면 이 땅 위에 임금의 토지가 남아 있겠는가? 그때에도, 나의 후대, 그리고 그 후대에 과연 땅을 가진 공신들이 감히 대역을 꿈꾸지 않을 것이라 할 수 있겠는가?"

임금의 속마음은 이것이 소탐대실이 되지 않을까 우려하는 것이었다. 당장 정치를 안정시키고 공신들의 권력을 위무하는 대가로 중앙 정치에 있어서 황제의 권한을 늘려 실질적이고 제대로 된 통치를 행사할 수는 있을 것이다. 그러나 그것이 임시방편이 될까 두려운 것이다.

고려는 중국이 아니다. 삼면이 바다고, 북방은 험지(險地)인데다가 금나라라는 거대 세력이 버티고 있다. 땅은 제한되어 있고, 그렇잖아도 권문세가들이 토지의 태반을 점유하여 세금을 포탈하고 제 땅에서 임금처럼 굴고 있는 상황이라 왕권이 늘 확고하지를 못했다. 그런데 아예 이제 그들에게 테두리를 쳐주고 그곳에서의 기득권을 완전히 인정해 주고, 자기 나라로 인정해 주어 자치까지 행하게 한다는 것은 임금으로서는 미래가 우려되지 않을 수 없는 일이었다.

"짐은 아둔하지 않네."

"어느 누가 있어 감히 폐하의 성총이 흐려졌다 하겠나이까."

"이보게, 부마도위. 우리는 함께 많은 이야기를 나누었었지. 그리고 특히 그대와 그대 부친의 조력이 없었다면 짐은 이 자리에 앉아 있지 못했을 것이다. 그러나 이제 앉은 자리가 달라졌지. 그래서 우리는 서로 다른 꿈을 꿀 수밖에 없게 되었네. 그렇지 않은가?"

황제의 말에 정민은 식은땀이 흘러내리는 기분이었다. 황제는 노골적이고 파렴치했다. 그러나 그것이 권력을 위해서 당연한 일이라는 것을 알 수 있었다. 한때 누구보다도 끈끈하게 맺어져 있던 황제와 동래 정씨였다. 그러나 그것은 왕경이 황제가 아닌 대령후일 때의 이야기였다. 이제 그는 만인지상의 자리에 올랐다. 그것은 그가 세상을 보는 시각이 달라졌다는 것을 의미했다. 당연한 이야기였다. 이제 그는 바라는 것을 얻기 위해 움직이는 사람이 아니라, 있는 것을 지켜야 하는 사람이 되었다.

"이 사위에게 어떤 일을 지시하실 요량이옵니까, 폐하?"

정민은 은근슬쩍 자신과 황제가 혈연으로 맺어졌다는 점을 상기시켰다. 자신은 황제의 외동딸의 남편이었다. 그리고 정치적으로도 맹우(盟友)였다. 그 점을 황제보고 상기하라고 지금 정민은 주문하고 있는 셈이었다.

"사위, 만인지상의 자리가 이토록 외롭고 고독한 자리인 줄 짐은 몰랐네. 그러한 고립감이 형님 폐하의 정신도 다 망쳐 놓았음이야. 짐 또한 언제 그리되지 않을까 두렵네. 그러나 그것이 무서워 이 자리를 물러나야 하는가? 짐의 치세는 이제 막 시작되었을진대."

"저와 저희 집안은 천 년이고 만 년이고 폐하의 번견(番犬)이 되어 뜻하는 바를 도울 것입니다. 어찌 외롭다 하시나이까."

"글쎄. 개도 밥을 주지 않는 자를 주인이라고 여기지는 않지."

황제가 주는 압박은 질릴 정도였다. 이해는 하면서도 한편으로는 씁쓸한 마음이 없지 않았다. 임태후가 일찌감치 제왕의 재목으로 보아 예쁨을 특히 주었던 황제는, 그만큼 자질이 달랐다. 군왕으로서의 자질이 뛰어나다는 것은 그가 황제의 보위에 오르는 순간 통치를 위해 무슨 일이든 가리지 않을 것이라는 사실을 의미했다.

그러나 동래 정씨도, 임태후도, 황제도, 김돈중도, 무신들도, 그리고 그들과 함께한 모든 이들에게 서로 손잡는 것 외에는 대안이 없었다. 그래서 그때만큼은 서로를 믿고 대령후를 황제에 추대하기 위해 반정을 일으켰다. 그러나 이제 거사가 끝난 지 일 년이 지나갔다. 이제는 권력 구도의 재조정을 더 미룰 수 없었다. 이제 황제가 칼을 빼 들겠다고 선언한 셈이었다.

"짐은 이제 고려 전토에서 스물두 고을을 추려 공신

들과 몇몇 권문세가를 봉하여 나누어 줄 것이네. 이제 작위를 지니고 있다는 것은 곧 자기 봉토(封土)를 실제로 지니고 있다는 것을 의미하게 될 것이네. 그 대신에 짐은 봉토에서 제외된 모든 고려 땅에서 권문세족들의 장원을 적폐하고, 지나치게 많은 전답과 노비를 보유하고 있는 절간의 땅문서를 소각하고, 전국의 토지와 호구를 재조사하여 국고를 채울 것이네. 쉽지 않겠지. 짐의 치세 내내 이 문제로 시간을 끌고 꼼짝달싹하지 못하게 될 수도 있네. 그러나 어쩌겠는가, 이제 그대는 문하시랑 김돈중과 잘 상의하여 누구에게 어느 고을을 줄 것인지 선정하여 고해바치면, 짐은 여름이 지나가기 전에 그대들에게 봉지를 하사할 것이네. 그리고 그 봉지에서는 올가을부터 바로 병사를 뽑아 추려서 전국을 돌아다니며 짐이 지시한 일을 수행해야 할 것이야."

요컨대 봉지를 받는 대가로 온갖 미움을 무릅쓰고 전국 호족들의 전답을 뺏어다가 황제의 땅으로 가져다 바치라는 이야기였다. 황제는 이제 모든 원망을 공신들에게 돌리고, 아마도 땅을 잃고 가세가 기울기 시작한 지방 세가들을 개경으로 그러모아 궁중의 신료 집단으로 만들 생각인 것이다. 잘되고 말고를 떠나서 정민으로서는 소름이 돋는 일이었다. 그러나 정민으로서는 받아들이지 않을 수도 없는 노릇이었다. 그로서는 황제와 다르게 다음 백 년을 내다보고 고려 땅에 봉건제를 시행시켜야만 하는 이유가 있었다. 정치적 자율권 없이는 그가 그리는 미래가 가능하지 않았다.

정민은 새파랗게 포말이 피어오르는 동래의 앞바다를 떠올려 보았다. 그리고 그곳에서 출발해 탐라, 구주, 강남을 오가며 무역을 하고 있을 그의 선박들을 머릿속에 그려보았다. 언제는 도박이 아니었던가. 정치적으로 먹는 게 있으면 토해놓아야 하는 것도 있었다. 봉토를 받는 대가로 이제는 세상의 원망을 들어가며 황제의 주구(走狗) 노릇을 해야 할 때가 되었다.

"신, 이부상서 정민, 삼가 폐하의 명을 받잡아 성심을 다하여 따르겠나이다."

"조만간 직접 짐이 칙령을 내릴 것이다. 그동안 문

하시랑과 잘 상의를 해두어야 할 것이야. 무슨 말인지 잘 알 걸세. 누구에게 봉토를 줄 것이냐, 말 것이냐가 그대의 손에 달렸다는 이야기는… 누구를 택하고, 누구를 버릴지 결정을 하라는 말이기도 하니. 이것은 짐이 그대들에게 주는 선물일세."

선물일지 아닐지는 가봐야 알 일이었다. 그들이 버린 패는 아마 황제가 주워 쓰게 될 것이니.

"동경(東京)은 내 스스로 받지 않겠네. 그러나 그에 갈음할 수 있는 땅이 되어야 할 것이야."

황제의 밀지를 받아 들고 문하시랑 김돈중과 나란히 앉자, 김돈중은 나름 생각을 해둔 것이 있는지 선수 쳐서 이야기를 꺼냈다. 사실 정민으로서는 황제의 속마음을 알 수 없었다. 과연 김돈중 등이 동경과 같은 알짜배기를 탐하여 황제에게 나중에 명분을 쥐어 주는 것을 바랄지, 아니면 최대한 스스로 몸을 사려서 위협이 되지 않는 땅을 받아가기를 원할지 말이

다. 그러나 김돈중이 동래 정씨의 봉토가 될 울주 일
대의 지적인 동경에 자리 잡기를 정민 자신이 원하지
않았다. 그런데 스스로 먼저 동경에 자리하지 않겠다
고 김돈중이 선언을 했으니 자신에게는 잘된 일이었
다.

"어디를 원하십니까?"

"동계(東界)의 명주(溟州, 現 강원도 강릉시), 삼척
현(三陟縣), 울진현(蔚珍縣)의 세 고을일세."

임태후가 황제에게 거론했던 바로 그 땅이었다. 그
는 최소한 세 고을은 받아가야 한다는 입장을 분명히
했다. 준령(峻嶺) 너머의 바다와 마주한 협토라는 점
에서 김돈중이 손실을 무릅쓴다는 점은 분명했다. 그
러나 그만큼 중앙의 시선으로부터도 얼마든지 벗어날
수 있을뿐더러, 울진현까지 받게 될 경우 동경 김씨의
근거지인 동경과도 지척에 접하게 되는 장점이 있었다.
그리고 김돈중은 그 손실을 최소화할 생각까지 마련해
둔 상황이었다.

"내 아우 돈시에게는 익령현(翼嶺縣, 現 강원도 양
양시)이면 족할 것이네."

정민은 속으로 김돈중이 대단하다는 생각이 들었다. 결과적으로 정민이 살았던 현대 기준으로 따지면 경상북도 영덕, 울진 일원부터 강원도 속초 근방에 이르기까지 동해안 일대를 동경 김씨가 대대로 세전(世傳)할 가령(家領)으로 만들겠다는 이야기였다.

"황제께서 노여워하실 수도 있습니다."

"내가 과욕을 하는 것 같은가? 그렇다면 동래 정씨는 어찌할 생각인가? 울주 하나만 받아가고 끝낼 생각인가?"

김돈중의 지적은 옳았다. 울주 한 고을로는 안 될 일이었다. 정민이 근거지로 삼으려고 하는 고려의 동남방은 속현을 여럿씩 거느린 대읍(大邑)들이 많은 고장이었다. 거기에 지금 정민이 세력을 뻗쳐 놓은 것이 울주의 속현인 동래현, 또 양주의 속현인 동평현, 금주의 수부(首府)인 금주성까지 세 고을에 걸쳐 있어서 또 문제였다. 행정구역을 조정해서 알짜배기만 가져오든지, 아니면 울주, 양주, 금주의 세 고을을 모두 들고 와야 하는데, 그다지 가능한 이야기가 아니었다.

최대한으로 강짜를 부리자면 정서를 울주에 봉하고, 정민 자신은 양주에 봉하게 하여 금주를 버리고 동래와 동평, 두 현을 살리는 것이 현명했다. 그러나 아무리 큰 공신 가문이라고 하더라도 두 대읍을 가져가는 일은 반감을 사기에 충분했다. 김돈중과는 그 경우가 달랐는데, 김돈중은 넓은 땅에 걸쳐서 여러 고을을 봉토로 달라 주장함에도 불구하고 그 가운데 대읍은 명주(溟州) 하나요, 나머지는 일반적인 현들에 불과했다. 그 현들도 나름 두어 개의 속현들을 거느리고 있지만, 그만큼 작은 고을들이니 명분이 있는 셈이었다.

"내가 말한 봉지에 동의를 하시게. 그렇다면 내 울주와 양주를 동래 정씨가 받아가고, 더불어 금주까지 받아갈 수 있도록 노력해 봄세."

사실 황제나 김돈중이나 내심 동래 정씨가 울주, 양주, 동래의 세 고을이나 가져가기를 바라고 있을지 모른다. 그렇게 욕심을 부리는 것처럼 비쳐지게 하여 비난의 화살이 모두 동래 정씨로 향한다면, 황제와 김돈중은 운신의 폭이 넓어진다. 김돈중은 이미 얻을 것은 다 얻고도 과욕을 부리지 않았다는 이야기를 들을 수 있을 것이고, 황제는 언제고 이를 구실로 온갖 방패막이 일에 정씨 일문을 동원할 것이다.

'여차하면 금주는 버려야 한다. 아무리 대읍이고, 상인들이 많으며, 물산이 모여드는 곳이라고 하더라도 그렇다. 동래를 키워서 금주를 몰락시키게 만드는 것이 어렵더라도 금주는 버려야 한다.'

사실 정민이 원하는 것은 동래, 동평, 금주의 딱 세 고을에 불과했다. 그러나 봉토는 기존의 대읍들 기준으로 나누어져야 하니 그것이 문제였다. 아니면 방법이 하나 있었다.

"동래현을 울주의 속현에서 양주의 속현으로 그 소속을 이관하고, 양주와 금주, 두 고을을 동래 정씨에서는 받아가지요."

"흠……."

이렇게 나올 줄은 몰랐던지 김돈중의 미간이 좁혀졌다. 일개 속현 하나를 더 가져갔다고 해서 뭐라고 탓하기가 좀 애매한 것이었다. 김돈중으로서는 내심 장래의 경쟁자일 수 있는 동래 정씨가 금주 같은 큰 고을을 대가 없이 가져가길 바라지 않았다.

"그건 좀 생각해 봄세."

"어차피 다른 부분부터 조정을 해야 할 것입니다."

어차피 지금 자신들이 어느 땅을 가져갈 것인가 이상으로 누구에게 어디를 나누어 줄 것인가 하는 문제가 중요하다는 것은 둘 다 동의하고 있는 바였다. 황제가 못을 박은 것은 스물두 고을이었다. 속현을 셈하지 않더라도 이미 김돈중의 동경 김씨가 네 고을, 동래 정씨가 알짜배기로 두 고을을 가져가기로 결정한 셈이니, 남은 것은 열여섯 고을이었다. 이것을 향후의 정치적 안배에 따라 배분해야만 했다. 그러면서도 개경과 가까운 곳의 좋은 고을을 배분할 수 없으니 잘 고려해야만 했다.

"반정에 공여하지 않았더라도 향후 사전 철폐에 크게 반발하고도 남을 세가들은 봉토를 조금이라도 주어서 반발을 최소화해야 합니다."

"입이 쓰지만 그럴 수밖에 없지."

어차피 그 권문세가들이라는 존재가 다 잠재적인 우환거리라는 것은 잘 알고 있었다. 그러나 무턱대고 찍어 눌러서 완전히 제거할 수는 없다는 것은 너무나 자명했다. 그들이 한데 뭉쳐서 봉기라도 일으킨다면 고려는 다시 난세로 접어들고 말 것이었다. 누구를 살리고 죽일지 결정해야만 했다.

"수성 최씨는 이참에 몰락을 해야겠지요."

"당연한 말일세. 애초에 수성이라는 땅도 개경에 너무 가깝고 말일세."

"파평 윤씨는……."

정민과 김돈중은 며칠을 서로의 집을 오고 가며 어떻게 봉지를 배분할 것인지를 씨름했다. 그리고 그 결과, 어느 정도의 합의에 다다를 수 있었다. 최대한 임금의 심기를 거스르지 않는 차원에서 쓸 만한 고을을 어느 정도 선별하여 적절히 나눈 것이었다. 그리고 그들이 최소한의 합의에 다다른 것은 그간의 여러 권문세족 세력들을 이참에 몰락시키기로 작당을 한 것이었다.

그 결과로 주요하게 봉지를 선정한 것이 다음과 같았다.

명주군공(溟州郡公), 울진현백(蔚珍縣伯), 삼척현
백(三陟縣伯) 겸작 김돈중.

익령현후(翼嶺縣侯) 김돈시.

금주군공(金州郡公) 정서.

영암군후(靈巖郡侯) 이공승.

양주현후(梁州縣侯) 정민.

진도현백(珍島縣伯) 최유청.

탐라현백(耽羅縣伯) 이작승.

곡주현백(谷州縣伯, 現 황해도 곡산) 정중부.

창주현자(昌州縣子, 現 평안북도 창성) 이의민.

화주현자(和州縣子, 現 함경남도 금야) 문극겸.

거제현남(巨濟縣男) 정명해.

박주현남(博州縣男, 現 평안북도 박천) 김정명.

그 외에도 주요 세가(世家)에 군후(君侯)에서 현남
(縣男)에 이르기까지 여러 고을들을 배등하였으나,
서경(西京) 일원과 개경을 에워싼 경기(京畿), 양광
충청주도(楊廣忠淸州道), 그리고 경상진주도와 전라
도의 동경, 전주, 나주, 상주 등의 핵심 요지는 모두 제외되었다. 대신에 주로 해방(海防, 바다의 방비)를 담당해야 하는 고을들과 군사적인 의무를 지는 고을들 중심으로 할당이 되었으니, 황제로서는 매우 싼값에 봉지 분할을 하게 되는 셈이었다. 이것은 황제의 심기를 거스르지 않고자 하는 유화적 신호인 동시에, 공신들이 순순히 중앙 정계에서 황제가 원하는 대로 발을 빼지는 않을 것이라는 암묵적인 압박이기도 했다.

내려가 보아야 그다지 풍족한 고을들은 아니고, 다만 영구히 일가의 봉지(封地)로서 세전할 수 있다는 것 외에는 특별한 이득이 없는 고을들이 많았다. 대신에 이를 대가로 황제가 봉지가 아닌 일반 고을들의 호족들이 가진 너른 땅을 혁파하는 데에 힘을 실어야 하니, 그 대가로 추가적으로 중앙 정계에 머물 것을 요구하는 셈이었다.

이러한 안을 받아든 황제가 혀를 찼으나 이미 거절하기가 어려워진 제안이 되어버렸다.

"차라리 욕심을 부리는 편이 좋지 않았는가?"

"소신들은 이면 족하옵나이다, 폐하."

김돈중, 정민, 김돈시, 정서, 최유청, 이공승, 이작승 등을 불러서 물어보았으나 이미 이들의 입은 맞춰진 뒤였다. 나름 원하는 영지들을 받았다. 더불어 이공승은 일문 폐족에서 구제되어 반정의 공신처럼 된 터라, 더더욱 불만을 가질 수가 없었다.

"수성 최씨를 위해서는 단 한 고을도 없군."

"그간 반역을 주도한 집안이니 인주 이씨처럼 철저히 몰락시켜서 다시는 허튼 꿈을 꾸지 못하게 해야 하나이다."

임금은 알겠다는 듯 고개를 주억였다. 그에 관해서는 황제도 이견이 없었다.

"이 안대로 칙령을 내리도록 하라."

"성은이 망극하여이다, 폐하."

이에 따라서 1163년, 가흥 2년, 음력 5월 15일, 황제의 칙령으로 열일곱의 제후에게 그 봉토가 희사되니, 고려 땅에서 봉건제가 시행되는 원년이 되었다. 또한 그 대가로 황제는 알짜배기 땅들에 대해서 권리를 주장하고 왕토(王土)로 귀속시키는 일을 할 것임을 천명했다. 군권은 여전히 황제가 틀어쥐고 있고, 지방

고을에서 호족 노릇을 하던 집안들은 앞 다투어 중앙 정계에 줄을 대어 집안의 토지를 보존하는 대가로 무엇을 내어 바쳐야 할지 묻고 있었으나, 황제는 일단 전국에 걸쳐서 토지조사부터 수행한 뒤에 이 처분을 정할 생각이었다. 물론 그 비용과 인력의 상당 부분은 제후들이 대야 할 것이었다.

제38장
양주백(梁州伯)

여름 무렵, 정민은 가솔들을 이끌고 동래현으로 내려왔다. 그는 자신의 받은 봉지의 중심지인 양주로 가지 않고 그 속현인 동래로 바로 직행했는데, 그곳에 아예 후부(侯府)를 열 생각이었던 것이었다. 낙동강을 따라 거슬러 올라가야 하는 뭍 안쪽에 있는 양주보다는, 가문의 근거지인 동시에 바다와 면한 동래가 자신의 기반으로 더욱 적합하다고 여겼기 때문이다.

　임금의 뜻을 받들어 토지의 조사와 사전 척결의 임무를 수행해야 할 부친인 금주공 정서를 대신하여, 그 금주공으로서의 인장까지 받아 들고 내려왔으니, 사실상 양주와 금주, 두 고을의 군주로서 군림하게 되는 셈이요, 거기에 더불어 수족이나 다름없고 같은 가문의 일원인 정명해가 거제에 봉작(封爵)되었으니, 동남해안의 수륙(水陸)에 대해 이제 영을 세우고 자신의 나라로 만들어야 할 시점이었다.

해운대에 위치한 언덕에다 수부(首府)를 열 생각으로, 일단 그곳에 낮은 토성을 둘러치게 하고 저택을 세우도록 하는 동시에, 정민은 양주, 금주, 그리고 거제의 세 고을과 그 속현에 대하여 지도의 작성과 인구조사를 명했다. 물론 그것을 정밀하게 수행할 기술을 갖추고 있는 사람이 없는 것이나 다름없으니 정민 스스로 나서야 했다. 물론 그 가신들도 이 일에 동원되었다.

"후부를 여신 것을 감축드리옵니다, 주군."

정명해를 위시한 그의 가신들은 해운대에 세워질 거성(居城)이 완성될 때까지 임시로 행재소(行在所)로 삼은 동래 정씨의 저택에서 무릎을 꿇고 앉아 엎드려 감축의 인사를 올렸다. 비록 정명해가 따로 거제현남의 작위를 받았다고 하나, 그가 정민의 사람임은 천하가 다 아울러 아는 사실이었다. 물론 정민은 그의 후계가 계속해서 거제의 남작위를 습작하게 할 생각이었으나, 지금은 그가 따로 움직이는 것은 절대 있어서는 아니 될 일이고, 자신의 수족같이 움직여 주어야만 했다.

"이제 후작부를 열었으니, 그대들에게도 내가 벼슬을 내려야겠네."

정민은 가신들을 둘러보며 그렇게 말했다. 이제 단순히 상단의 사람이 아니라, 정민의 권속이 되어서 관직에 출사를 해야 할 때가 된 것이었다. 다들 기대감과 긴장감이 아우른 분위기로 정민을 바라보았다.

"먼저 김유회에게는 검무(檢務)의 벼슬을 내리니, 이는 나라 안의 행정과 길, 그리고 호구에 관한 사무를 맡아 보는 일이다."

"삼가 명을 받잡겠나이다."

정민은 미리 써둔 뒤에 양주후의 도장을 찍은 직첩(職帖)을 김유회에게 먼저 주었다. 그다음은 하두강이었다.

"하두강, 그대는 조장(租藏)의 자리를 내릴 것이니, 그대는 나라 안의 창고와 세금을 감독하여 이를 차질 없이 관리토록 하라."

"예, 주군."

정민은 마지막으로 오저군을 바라보았다. 그에게는 어쩌면 가장 핵심적인 일을 맡겨야 했다. 그것은 정민이 생각하고 있는 대계와도 가장 큰 관련이 있는 것이었다.

"저군이."

"예, 주군."

"그대는 감소(監所)의 자리를 맡아주어야 하겠네. 소(所)들을 감독하여 그 산물이 차질 없이 생산되는 것을 감독하는 자리이나, 알다시피 동래 일원에 있어서 대개의 소(所)들은 모두 폐해졌네. 나는 이 자리를 사실상의 공(工)과 야(冶)를 감독하는 자리로 삼고자 하는데, 이것이 어떤 의미인지는 그대가 잘 알 걸세."

"여부가 있겠나이까."

오저군이 바짝 엎드려 조아렸다. 사실상 그가 하고 있던 일의 연장선이지만, 더욱 집중적으로 맡아주어야 했다. 화약, 제철 등의 생산과 수급은 물론이거니와, 특산품의 생산, 자기 기술의 확보, 칠기와 화문석의 생산 및 감독 등 해야 할 일이 산더미였다. 앞으로 그가 맡은 일에 국운이 걸렸다고 해도 과언이 아니었다. 비록 땅은 작고 인구가 많지는 않으나, 앞으로 여러 바다에 걸쳐서 무역을 주도하는 해양 국가의 초석을 이 양주 동래 땅에서 정초하려는 정민에게는 오저군이 맡아야 할 일이야말로 가장 핵심 가운데 핵심이었다.

"시습당(時習堂)에서 배워 지금 한글과 산술, 그리고 항해술 및 측량에 대해서 기초적인 이해를 하고 있는 인력이 얼마쯤 되는가?"

정민은 대충의 자리 배분이 끝나고 난 다음, 당장에 가용할 수 있는 인력에 대해서 파악하고자 했다. 시습당이라는 것은 《논어》의 구절, 「배우고 때대로 익히면 어찌 즐겁지 아니한가(학이시습지불여역호, 學而時習之不亦說乎)」에서 따온 것으로, 정민이 동래에 터를 닦은 지 얼마 되지 않아 김유회를 시켜 총명한 아이를 매해 열에서 스물가량을 뽑아서 가르치게 하여 상단의 인력으로 쓰고자 만든 학교였다.

"이제 공부를 마치고 일을 하기 시작한 지 가장 오래된 아이들이 3년 차에 접어들었으니, 이제껏 졸업한 총원이 서른둘이옵니다."

많지는 않지만 당장의 일에는 족한 숫자였다. 물론 이들이 상단에서 맡아 하고 있던 일을 생각하면 모두를 빼 올 수는 없으니 보다 숫자가 적어질 것이었다.

"당장 장사일과 배를 모는 일에 관여하고 있는 이들을 제하면 얼마쯤 되는가?"

"그리한다면 대략 열하나 정도를 불러올 수 있사옵나이다."

"그 정도면 되었다. 그들로 하여금 《해도산경》을 한 달간 다시 숙지시키고, 금주, 양주, 거제의 세 고을을 두루 다니며 측지(測地) 하여 지도를 만들고, 거리에 따라 땅을 정방형으로 나누어 그 모마다 표석을 세우도록 하여라. 더불어 호구조사도 함께해야 할 것이니, 이 모든 것을 여러 달 안으로 마치려면 시간이 매우 빠듯할 것이다. 따라서 열한 명은 다시 혼자서 행동하되, 그 아래에 마을마다 영민하고 재기 바른 이들을 뽑아 다섯씩을 붙여주어라. 최대한 빨리 일을 마치어

내 앞으로 보고가 되어야 할 것이다."

"예! 주군!"

김유회가 깍듯이 대답했다. 시습당을 세워둔 뒤로 정민은 한글을 가르치도록 하는 한편, 종종 송나라에서 구한 귀한 서책들을 보내 공부시키도록 한 것을 제외하고는 따로 관여치를 못해서 그 학생들의 수준이 어떤지 아직 확신이 없었다. 그래도 삼국시대 위나라의 수학자였던 유휘(劉徽)의 《해도산경(海島算經)》은 반드시 가르치도록 직접 지시를 내렸는데, 이것이 앞으로 정민이 다스리고 관리해야 할 영역에 대한 계량적인 지표를 만들어 나가는 데에 있어서 중요한 역할을 할 기술들을 담고 있는 책이기 때문이었다.

이 《해도산경》은 기초적인 삼각측량법을 포함한 측량에 대한 문제를 상세하게 서술하고 있는 수학서였다. 여기에는 여러 가지 기하학 문제가 포함되어 있었는데, 예컨대 불탑 높이의 측정법 따위도 들어 있었다. 물론 높이뿐만 아니라 거리와 넓이 따위도 정확히 구할 수 있도록 계산을 연습하도록 되어 있었다.

예컨대, 해상에서 수면으로부터 섬의 정상까지의 높

이를 측량하는 방법, 언덕의 위의 나무의 높이를 측정하는 방법, 원거리에서 성읍의 벽 크기를 측정하는 방법, 협곡의 깊이를 측정하는 방법, 언덕의 위에서 아래의 평원에 서 있는 탑의 높이를 측정하는 방법, 멀리 떨어진 곳에서 강 하구의 폭을 측정하는 방법, 저수지의 깊이를 측정하는 방법, 강폭을 측정하는 방법, 산 위에서 성읍의 크기를 측정하는 방법 등이었다.

그뿐만 아니라 정민이 준 책은 당송(唐宋)을 거치며 최신의 지식이 덧대어진 주석서였으니, 이 정도 기술이라면 현대 수준은 아니더라도 상당히 정밀한 수준의 지적도(地籍圖)를 만드는 것이 가능할 법싶었다.

물론 정민은 거기서 그치지 않고, 이들에게 목판으로 짜서 찍어낸 호적(戶籍)을 기재할 종이도 나누어 주었다. 여기에는 각 호마다 그 주소와 호주(戶主) 및 그 가솔들의 이름과 나이, 조사할 수 있다면 가능한 데까지 그 조상의 가계와 세거(世居)를 밝혀 적도록 하고, 소유하고 있는 전답의 크기와 위치를 모두 기재하도록 하였다. 물론 그에 따라서 세금이 매겨지게 될 것은 자명한 일이었다.

또한 임시로 척관법(尺貫法)을 변개하여 정민이 그의 새끼손가락 한 마디가 정확히 2㎝ 정도였다는 점을 기억하고는 거기에 맞추어 그것을 1치로 삼고, 10치를 한 자, 즉 20㎝로 삼고, 다시 1,000자를 1리로 삼아 200m에 맞추었다. 따라서 이 기준에 따르면 5리는 대략 1㎞에 해당하게 되는 셈이었다.

물론 이것은 당대에 사용되는 고려척(高麗尺)과는 차이가 있는데다가 도량형을 마음대로 바꾸는 것은 황제에게 반역의 소지가 될 수 있는 일이므로, 측량을 내어보낼 사람들에게만 숙지시키고 자를 내어준 다음, 그에 따라서 지도를 작성해 오도록만 제한적으로 주문했다. 때가 되면 더욱 널리 보급시킬 예정이었지만, 지금으로서는 별수가 없었다.

더불어 이들이 계산을 쉽게 하도록 송나라에서 들여와 개량한 주판(籌板)을 지급하였다. 산목(算木)으로 셈하기에는 큰 수를 빠르게 다루어야 하므로 반드시 있어야 하는 것이었다. 물론 고려 땅에서는 아직 구하기 힘든 도구이므로 이를 따로 교육시켜야만 했다.

※ ※ ※

정민은 봉토 전역에 걸쳐서 측량과 호구조사를 마치
는 것이 몇 달 안으로 끝나야 한다고 재촉하기는 하였
으나, 그것이 족히 일 년은 잡아먹을 일이라고 짐작하
고 있었다. 정확히 세금을 매기고 인적 자원을 동원하
기 위해서는 이 일이 마쳐져야만 하니, 그동안 정민은
다른 일에 좀 더 매진하기로 마음먹었다.

먼저 손을 댄 것은 멀지 않은 하동현(河東縣)에서
고령토를 잔뜩 들여오는 것이었다. 품질 좋은 고령토
는 곧 내화점토로 쓸 수 있고, 도자기의 원료가 될 뿐
만 아니라, 그것을 구울 가마의 벽을 올릴 때도 사용
되었다.

동시에 석탄이 나는 곳을 알아보기 위해 상행단을
주변으로 보내 불에 타는 돌이 나는 곳이 있는지 수소
문해 보도록 하였다. 물론 천주에 입항할 때 이미 석
탄을 취사 및 난방 따위에 연료로 쓰고 있는 송나라에
서 구매해 오는 방법이 있었으나, 그 양이 제한적이고
값이 비싸 주변에서 구할 수 있다면 더할 나위가 없는

것이었다.

"수소문해 보았지만 타는 돌에 대한 이야기는 아는 자가 없었습니다."

고령토는 예정대로 구해 왔으나 석탄은 결국 구할 수가 없었다. 근방에서 싼값에 들여올 수 있는 곳이 있다면 직접 돈을 투자해서라도 지방관을 매수하고 탄광을 파서 바로 동래로 가져오게 할 생각이었는데, 역시 쉽게 될 일이 아닌 모양이었다.

'나가사키 앞바다의 군함도에 일제 시기 조선인이 잔뜩 징용되어서 탄광 노동에 강요되었다는 이야기는 알고 있지만, 그 섬 위치가 정확히 어디인지도 모를뿐더러, 지금 당장으로서는 들어가서 점령하고 탄광을 파들어 나간다는 게 쉽지가 않을 테니……'

강원도에도 탄광이 많다는 것은 알고 있지만 그 위치를 찾는 것도 막막하거니와, 지금은 그곳에 광업까지 벌일 여유가 없었다. 차라리 나가사키 앞바다의 조그만 섬으로 특정되는 군함도가 더욱 수색하기에는 쉬운 조건이었다. 그러나 어찌 되었든 일본 땅인데다가 나가사키라는 지명도 정민이 알기로 이때에는 없던 지명이므로 막연하게 머리에 그려져 있는 지리 정보만 가지고 당장 탐색에 나서서 점령하고 탄광을 파는 것은 짊어져야 할 위험에 비해서 손실이 어마어마했다.

'우선은 어쩔 수 없이 송나라에서 탄을 들여오는 수밖에 없군.'

정민이 석탄에 집착하는 것은 다름이 아니라, 그것만큼 당장 고효율로 사용할 연료가 없기 때문이었다. 장작으로 연료를 삼는 것은 도자기를 굽거나 제철을 하는 데에 있어서 비효율적으로 많은 수의 산림자원을 필요로 할뿐더러, 장기적으로 주변 일대가 헐벗게 되니 좋지가 않았다. 당장은 조림(造林)을 병행해 가면서 나무 장작과 송에서 구입해 온 석탄을 같이 쓰는 수밖에 없었다.

"철을 보다 많이, 그리고 좋은 품질로 생산해 내야만 하네. 그래야 화총(火銃), 화포(火砲)를 안정적으로 제작할 수 있을 뿐 아니라 무기, 농기를 막론하고 여러 데에 있어서 우리 힘이 되어줄 것이네."

김유회에게는 측량 및 호구조사를 총감독시켜 놓고, 다시 하두강에게 홀로 맡기에는 과중하기는 하나 기존에 하고 있던 상단 일을 모두 책임지게 한 다음, 오저군과 함께 정민은 철을 어떻게 생산해 낼지를 고민하고 있었다.

정민이 봉토로 받은 땅의 가장 중요한 부존자원의 하나가 철광이었다. 가야 때부터 이곳은 철의 명산지(名産地)였으며, 양주 땅에만 이름난 철광이 여럿이었다. 이제 이것이 모두 정민의 손에 쥐어졌으나, 그 철광을 활용하는 것은 지금부터의 문제였다. 이미 중국에서나 고려에서나 오래전부터 쓰이는 송풍 장치 및 고온에 견디는 노의 사용 등은 이곳의 철장(鐵場)에서도 이미 사용하며 확보하고 있는 바였다. 더군다나 하두강으로 하여금 중국의 고로에서 쓰는 송풍 장치를 눈여겨봐 오도록 한 다음에, 정민이 고민하여 임시로 고로를 시험 삼아 짓게 하여 성과를 본 것도 있었다.

그러나 정민은 애초에 제철 기술에 대한 지식이 없었고, 당장 꾀를 내어보아도 더 나아갈 방법이 없었다. 그나마 최근의 성과라면 불에 달구지 않은 채로 철을 두드려서 더욱 강하게 만드는 냉단법(冷鍛法)을 흉내라도 내게 되어 단단할수록 부러지기 쉬운 철의 성질을 보다 유연하게 만들어 단단하면서도 잘 부러지지 않는 단계까지는 만들 수 있게 되었다는 점이었다. 그러나 그것만으로는 부족했다.

'이 정도만으로는 일본에 대해서 제철 기술의 우위를 점할 수 있을지 몰라도, 송나라에는 절대 안 된다. 그리고 그 정도 수준으로는 총포를 만들 수 없는 것도 자명하다.'

청동으로 대포를 만들어 시험을 해보았지만, 그것이 튼튼하지 않고 깨지기도 쉬웠다. 아쉬운 대로 다섯 개가량의 포를 만들어 시험을 계속해 보고 있지만, 정민으로서는 철로 주조한 포를 만들고 싶은 생각이 강렬했다.

'화약의 제법을 알아내고, 어설프게나마 화승총을 만드는 데 수년이 걸렸다. 포는 언제가 될지 장담할 수 없으니 천천히 보도록 하자.'

그래도 철이 있다는 것이 다행이었다. 그리고 이제는 청자를 만드는 기술도 완전히 확보했으니 우선은 이 정도로 된 일이었다. 지금도 이 정도 봉지를 건사하기에는 충분한 재력과 자금이 있었으며, 휘하의 선단도 물경 80척에 가깝게 되어 수시로 천주와 갈라전, 일본과 벽란도를 오고 가며 물건을 실어 나르고 매매를 하고 있었다. 돈이 멈추지 않고 꾸준히 돌고 쌓이고 있는 것만으로도 큰 이득이었다.

'은행이 필요하다.'

정민은 잠시 풀리지 않는 제철에 관한 문제는 접어 두고, 대신에 고령토와 다른 흙들을 구워 벽돌을 만드는 것을 연구해 성과를 조금 얻었다. 생산해 낸 벽돌에다가 회반죽을 발라서 굳힌 다음, 그것을 쌓아 올리는 방식으로 정민은 일단 동래읍성 내에 2층짜리 건물을 짓도록 했다. 그러고는 그 문에다가 화강암에 글을 파서 먹을 새겨 「양주은행(梁州銀行)」이라 이름을 붙이도록 하였다.

이번 해에 시습당을 졸업하기로 예정되어 있는 학동들 가운데 나이 열여섯 이상 먹고 산수에 능한 자 셋을 골라서 이곳 은행에서 일하게 한 다음에, 그 감독을 하두강과 정명해에게 맡도록 하였다.

벽란도에 쌓아둔 은병과 금주, 동래 등지에 분산되어 있던 은금 가운데 상당수를 긁어모아 양주후 관저의 금고에 놓고, 이를 바탕으로 조그만 동전과 은전, 그리고 지폐를 발행하여 이것으로 세금을 내도록 양주, 금주, 거제에 공포하였다.

다소간에 저항이 있었으나 꼭 필요한 일이었다. 유통을 용이하게 하기 위해서 매일 고시되는 가격에 따라 양주은행에서는 미곡 따위를 돈으로 바꿔 주게 하고, 같은 건물에 들어선 조장소(租藏所)에서 세금을 납부 받고 감독하도록 하였다. 이것은 화폐를 적극적으로 유통시키기 위해서 필수 불가결한 일이었다.

다만, 지폐의 유통은 아주 적극적으로 하지는 않았는데, 위조의 우려가 상존하고 있기 때문이었다. 대신에 은화와 동화와 같은 것은 그 화폐 자체가 현물의 값을 반영하게 되므로 큰 우려는 없었다. 다만, 여기에 있어서도 위조는 엄단할 것이라 공포를 했는데, 바로 주조 시에 그 함량을 10%가량 낮추어서 그만큼의 차익을 국고로 돌리기 위해서였다. 일종의 화폐유통세가 주조 시점에 매겨져 있는 셈이었다.

마지막으로 정민이 손을 댄 것은, 각종 수공업자들을 동래읍성 주변에 모이게 하여 각기 업장을 열게 하고, 직접 이곳에서 매매를 할 수 있도록 독려한 것이 었다. 동시에 영천(現 부산 수영강) 하구에도 또다시 선창을 크게 두 개 일으켜서 왜선과 당선(唐船, 중국 배)을 가리지 않고 사들이게 하여, 다시 이것을 역설 계하는 방식으로 연구해 참조할 것을 선공(船工)들에 게 지시를 내렸다. 이 역시 몇 년이 걸릴지 단기간에 성과를 보기 기대할 수 없는 일이었으나, 역시 장기적 안목으로 내다볼 필요가 있는 것이었다.

그렇게 몇 달이 지나가고 겨울이 다가올 무렵이 되 자, 먼저 양주 일대의 지적과 호구조사가 끝나서 정민 의 앞에 바쳐졌다. 한 달이 더 지나자 거제현의 것도 완료가 되었다. 금주는 시간이 상당간 더 걸릴 모양이 었는데, 인구가 가장 많을 뿐 아니라, 그 속현만 하더 라도 의안(義安), 함안(咸安), 칠원(漆原), 웅신(熊 神), 합포(合浦)의 다섯 고을에 달할 만큼 큰 고을이 었다.

정민은 양주와 거제에 투입되었던 인원들을 다시 금 주로 보내 그 조사가 빨리 마무리되기를 거들도록 하 였다. 그렇게 1063년의 한 해가 점점 저물어가고 있었다.

❖　　❖　　❖

개경(開京).

가을 무렵부터 시작한 황궁의 중수(重修)도 한창이
었다. 봉작을 받은 제후들이 갹출하여 돈을 대 황제의
위신을 세워주기로 한 덕에 다행히 겨울이 오기 전에
화마로 손실을 입은 황궁의 재건을 시작할 수 있었다.

중원의 금이나 송에 비견하기에는 겨우 손바닥 정도
밖에 되지 않을 고려 땅이었으나, 그래도 제위(帝位)
를 지니고 있는 나라이다. 공식적으로 연호까지 선포
하고 국력의 일신을 천명하였으니, 그에 걸맞게 황궁
도 제대로 갖추어야 했다. 그래서 단순히 기존의 건물
들을 복구하는 것만으로는 충분하지 않았다.

정서와 정민은 그러한 황제의 체면을 살려주기 위해
서라도 큰돈을 내어놓아야 했다. 지금껏 들어간 돈만
물경 은병 5천 근이요, 족히 5년은 걸리고도 남을 기
간 동안 앞으로 들어갈 돈은 은병 수만 근을 셈하고도

남을 것이다. 물론 직접적으로 비용만을 대기만 하는 것은 아니었다.

　정민은 동래에 막 건설한 벽돌 공방에서 하루에 3천 개가량의 벽돌을 구워서 그중에 절반 이상을 매일같이 개경으로 보내었다. 직접 보낸 인부들로 하여금 일전에 동래의 은행 건물을 지은 기술을 바탕으로 벽돌로 창고와 궁내의 하급 관리들이 사무를 보고 일직(日直)할 수 있는 건물도 지어 바쳤다.

　벽돌로 짓고 층수를 3층까지 올린다는 것을 제외하고는 특별히 화려하거나 아름답게 치장하여 바칠 기술이 없거니와, 온돌 같은 난방 문제도 해결할 길이 지금으로서는 딱히 없으니 황제를 위해 벽돌로 따로 건물을 지어 바칠 수는 없었다.

　막대한 돈이 황제에게 들어가고, 또 동래에서 기반을 닦기 위해 지출해야 할 돈도 만만치 않은 상황이었다. 그래도 정민의 상단은 꾸준히 규모가 늘어서 이제 늘 바다에는 수십 척의 배가 오고 가고 있을 정도였고, 그 용도에 따라서 침저선과 평저선도 종류대로 건조하고, 배의 크기도 제각기 다르게 하여 필요에 따라서 항로에 투입하고 있는 상황이었다.

물론 열 번의 항해가 있으면 한 번은 조난 사고가 들려올 정도로 바다는 위험하고 상행에는 예기치 않은 손실이 늘 있었다. 그럼에도 불구하고 한 해에 정민의 보고(寶庫)에 쌓이는 돈이 물경 은병 1만 수천 근가량에 육박하고 있었으니, 고려 전토에서 정민보다 부자는 없는 셈이었다. 지난 수년간 사실상 고려 상인 가운데에서는 국제무역으로 정민에 어깨를 겨룰 사람은 없게 되었다.

당장 황제에게 들어가는 돈이 아깝기 짝이 없는 노릇이었으나, 정민은 장기적인 안목으로 투자를 하는 셈 쳤다. 남남도 아니고 장인인데다가 어찌 되었든 봉건의 제도를 시행하여 정민으로 하여금 사실상 양주, 금주, 거제의 삼주(三州)를 사실상 제 나라 삼아서 통치할 수 있게 해준 셈이니, 이 권리를 누실(漏失) 없이 지키기 위해서라도 최대한 황제에게 이득을 안겨주어야만 했다.

황제는 제후들에게 사병을 내어놓도록 명했고, 황궁 중수에 들어가는 돈도 이들이 전담을 하면서 그나마 남게 된 재력으로 경기와 양광도부터 사전 적폐에 나서기 시작했다. 시간이 많이 걸리고 반발도 어마어마한 일이었다. 그러나 이미 정치의 추는 제후들을 등에 업은 황제에게 점차 기울고 있었고, 선대 폐주로부터 여러 차례의 정변으로 많은 힘을 잃은 재지호족들은 울며 겨자 먹기로 가문 구성원들에게 최대한 토지를 찢어서 나누어 주는 식으로밖에 대응할 수 없었다.

사실상의 많은 장원(莊園)들이 제약되고 있었고, 그러한 작업이 마무리된 다음에는 그간 수령이 파견되지 않던 고을들에도 중앙에서 수령이 파견되어 후속 작업으로 토지의 결수를 파악하고 누가 다시 지나치게 토지를 사들이지 않는지 감시하기 시작했다. 물론 이러한 일들은 채 절반의 성공에 못 미치는 것이었다.

그러나 황제도 재지호족들이 완전히 몰락하는 것을 의도하고 하는 일은 아니었다. 이들이 정치에 관여하지 못할 정도로 힘을 빼놓는 것이 목적이었다. 그렇게 적폐된 상당 부분의 토지가 국유지로 편입되었고, 이것은 곧 왕실의 든든한 뒷받침이 되어줄 터였다.

'앞으로 십 년이면 짐의 뜻대로·천하를 경영하는 것

도 어렵지 않을 것이다.'

황제는 내심 속으로 그렇게 가늠을 하고 있었다. 이번에 봉토를 나누어 줄 때, 최대한 개경과 가까운 땅은 배제하고 소출이 좋은 알짜배기 고을들도 빼놓았다. 더불어 국가의 요지인 삼경(三京)이 황제의 손에 완전히 놓였고, 명문세족들도 봉작을 받은 부류와 그렇지 않은 부류로 찢어놓아 그 가운데 힘이 없는 단순한 재지호족들이 그간 자기 기반 고을에서 휘둘러 오던 권력을 주제가 넘는다는 이유로 제동을 걸기 시작했으니, 일차적으로 황제는 드디어 정치의 일선에 나서서 국정에 자기 힘을 투영하기 시작할 수 있었다. 역설적으로 권력을 찢어서 지방으로 힘 있는 제후들을 분산시킨 덕에 중앙에서 황제의 권한이 상승했던 것이다.

물론 황제로서도 그러지 않고도 황권을 전제적으로 누릴 수 있다면 이러한 미봉책을 택하지는 않았을 것이다. 그러나 지금으로는 어쩔 수 없었다. 제후들은 자기 권력을 나눠 가지려는 사람들인 동시에, 지금 황제가 가진 권력의 주요한 원천이기도 했다. 그러한 역학을 모를 정도로 황제는 바보가 아니었다. 십 년이 넘게 형왕의 질시와 탄압을 감내하며 은인자중하던 황제였다. 또다시 십 년이 걸린다고 하더라도 황제는 인내심 있게 버텨내고도 남을 사람이었다. 또한 황제는 무슨 경우에도 자기의 우군이 되어줄 집단을 집중적으로 양성하고 있었으니, 바로 무신들이었다.

"충심으로 견마지로를 다하겠나이다, 폐하."

반정 과정 중 무신들 사이에서 지나치게 권력이 확대된 정중부와 이의민을 각기 제후로 봉하여 내려보낸 다음에, 황제는 반정에서 공을 세워 견룡군 장군까지 올라간 이고(李高)를 낙점하고 그를 다시 상장군(上將軍)까지 올린 다음에 힘을 실어주기 시작했다. 젊은 나이의 상장군이라니 전례가 없는 일이었지만, 이고는 나름 공을 세웠음에도 봉직을 받지 못했으니 그 정도는 받을 자격이 있다는 중지가 있어서 황제의 뜻대로 일이 풀렸다.

황제의 도움으로 상장군에 오르게 된 이고는 그야말로 황제를 위해서 무엇을 가져다 바쳐도 아깝지 않을 기분이었다. 그는 영원부동한 자신의 정치적 뒷배를 마련한 셈이었고, 은밀히 군 내에서 정중부와 이의민

등과 지나치게 밀접한 이들을 조금씩 밀어내면서 자기 사람들을 심기 시작했다. 이러한 일들은 티가 나서도 안 되고, 천천히 이루어져야 했다. 정중부와 이의민이 자기 봉토에 잠시 정신이 팔려 있는 사이에 조심스럽게 해야 하는 일이었다.

'십 년이 지난 뒤에 제후들이 다 같이 힘을 모아도 짐이 홀로 이들을 대적할 수 있을 정도의 힘이 있어야 한다. 통치하지 못하는 권력은 아무짝에 쓸모없는 그저 장신구일 뿐 아닌가. 그리고 통치는 바로 우위에서 나오는 것이지, 지위에서 나오는 것이 아니다. 형왕은 그것을 몰랐어.'

그것은 황제의 확신이었다. 영원한 동맹? 영원한 충신? 그런 것은 허상이라는 것을 누구보다 잘 알고 있는 것이 황제였다. 물론 자신을 여기까지 지원하여 등극시킨 동래 정씨 등을 믿지 못하는 것은 아니었다. 그러나 그러한 것이 세세손손 물려가면서 관계가 영원할까? 황제는 그러한 질문에 회의적이었다. 때문에 자기 대만 바라보는 것이 아니라 그다음까지 내다보면서 황권을 단단한 반석 위에 올려놓아야만 했다. 그런 의

미에서 또 하나 처리해야만 하는 일이 있었다.

"이제 폐하께서도 보위에 오르신 지 어느덧 이 년이 지나가고, 이제 보령도 꽤나 있으시니 어서 빨리 국혼을 치르고 후계를 보셔야지요."

그렇잖아도 임태후가 슬슬 황후를 들일 것을 채근하고 있었다. 황제는 아직 삼십 대이나 이 시대를 기준으로 이제는 젊다고 하기는 어려운 나이였다. 어서 후계를 보아서 대통을 튼튼히 해두지 않으면 안 되는 노릇이다. 물론 전대 임금에 의해 폐서인되어 유폐당하거나 출가한 동생들은 있었다. 황제는 아직 이들을 개경으로 불러들이고 있지 않았다. 물론 후계가 튼튼해지면 언제고 불러들여 줄 생각이었으나, 아직은 불안했다.

"그리하도록 하겠습니다. 혹여 염두에 두고 있는 여식이라도 있으십니까?"

황제는 혹여 임태후가 눈여겨본 사람이 있나 싶어 물어보았으나, 임태후도 누군가의 부탁을 받거나, 아니면 자기가 봐둔 처자가 있어 그렇게 말을 꺼낸 것은 아닌 모양이었다.

"내년이 되면 국혼을 준비시키도록 하겠습니다."

"그리해 주신다니, 이 어미의 마음이 이제 조금 편안합니다. 부디 그렇게 하도록 하세요."

임태후의 말에 황제는 웃음으로 화답했다. 물론 속으로는 심사가 매우 복잡했다. 그저 명망 있는 집안의 잘 교육 받고 아름다운 규수라는 이유로 국혼을 맺을 수는 없었다. 그보다는 황권에 위협이 되지 않으면서도 동시에 힘을 실어줄 수 있는, 절묘한 정치적 패를 찾아내는 것이 더 중요했다. 혹여 박색이라 하더라도 상관이 없었다. 조건이 맞는다면 황제는 개의치 않고 황후로 맞아들일 것이었다. 그리고 그것을 물색해 내는 것이 이 국혼의 성패를 좌우할 것이었다.

❖　　❖　　❖

해가 바뀌기 전에 1차적인 토지측량과 호구조사가 완료되었다. 그 결과는 바로 정민에게 보고되었다. 기존의 양주, 금주, 거제의 관부에 소장되어 있던 토지대장 및 호구(戶口)와 대조해 보니 차이가 상당했다.

고려는 기본적으로 군현의 등급을 전결(田結), 즉 소출을 감안한 농지의 상대적 넓이와 호구, 즉 인구수에 따라 결정하였으며, 개중에 금주나 양주는 속현을 거느린 주군(州郡)이었으니 대읍(大邑)이라 하기에 부족함이 없을 것이었다. 원칙상 이러한 주군뿐만 아니라 여러 속현이나 향소부곡까지 인구가 파악되고, 그에 따라 호적을 세워 세와 역을 부과하는 것이 원칙이었다.

호적을 허위 신고하거나 부역을 기피하는 경우에는 엄격한 처벌이 뒤따르도록 되어 있었으며, 각 고을은 매년 그 호구를 파악하여 중앙에 보고할 의무가 있었다. 그러나 이런 제도가 제대로 기능하지 않게 된 지는 이미 오래였다.

때문에 동래 정씨가 봉함 받은 세 고을 모두에서 호적이 문란하고 그 기록이 제대로 관리되지 않았거니와, 그 정확도도 매우 낮았다. 동래 정씨나 기타 재지호족(在地豪族)들에 속한 토지와 호구는 그 수치가 누락되거나 축소되어 세역(稅役)을 덜게 하려는 의도가 뻔히 보일 정도였다.

그래서 이번에 제대로 그 조사를 시행하니, 양주의 인구 4만 4천, 금주와 그 속현의 인구가 10만 6천, 거제의 인구가 1만으로, 도합 16만 명가량이었다. 고려 전토의 인구를 아는 이는 아무도 없었으나 적게는 200만에서 많게는 500만 사이일 것이라고 하니, 대략 고려 땅의 인구를 300만으로 보면 5%가량이 동래 정씨의 지배하에 들어온 셈이었다.

물론 정민은 실제로는 고려의 인구가 적어도 400만은 될 것이라고 가늠했다. 그래도 16만이라는 인구는 절대 적지 않은 숫자였다. 특히 정민은 앞으로 이 봉국(封國) 3주를 농경기반의 사회가 아니라 국제무역의 중심지와 그 배후지로 만들 생각을 하고 있는 차였다. 당대의 베네치아의 인구가 20만이 못 되었던 것을 감안하면 절대 적지 않은 숫자였다.

"내년부터 이에 따라 세금을 부과하도록 하고, 역은 폐지하도록 한다. 세금은 토지 전결에 따라서 부과하되, 3할로 매기도록 하고, 그 납부는 동래의 양주은행을 통하여 은전 및 동전으로 하도록 하라. 대신에 모든 역(役)과 방납(防納)은 폐지하고, 장정의 경우는

16세에서 40세 사이에 3년간의 군역만을 부과하도록 한다. 다만, 군역에 관해서는 제도가 정비될 때까지의 시기에 한하여 매년 정해진 액수의 세금으로 대신하도록 한다."

정민은 향직(鄕職)으로 임명한 관리들을 모두 불러 모아 이 방침을 정하여 공포하도록 하였다. 군역에 관해서는 당장 징병제를 갖추고 이들을 불러 모아 훈련시키고, 무장시키고, 병영을 지어 숙식을 시킬 준비가 충분히 되지 않아서 시행을 2년 정도 미루도록 하였다. 대략 이 병역 의무의 대상에 포함되는 인구는 4만이 조금 안 되었고, 제도가 안정되면 대략 3년간 출생하여 성인까지 살아남은 남자 인구만이 복무하게 될 것이므로, 장기적으로 양주, 금주, 거제의 세 고을이 도합하여 병력을 제공할 수 있는 것은 1만이 되지 않을 터였다.

물론 병역을 지고 나와도 40세까지는 훈련을 계절마다 받게 하고, 필요한 때가 되면 징집하여 복무시킬 생각이었으나, 상비군으로 갖출 수 있는 것은 대략 7천 명 정도가 한계라고 보아야 했다.

'인구를 늘리지 않으면 안 된다. 바다로 보내 무역로를 관리하게 해야 할 해군도 양성해야 하고, 앞으로 정치적 변동에 따라 고려 본토로부터의 압박을 막을 육군 전력도 필요하니, 이 정도로는 부족하다.'

군사력뿐만이 아니었다. 앞으로 정민은 상당한 상인 계층과 새로 개척할 땅에 정착할 이주민이 필요했다. 물론 고려 본토를 통해서 인구를 충당할 수도 있었다. 그러나 단순히 머릿수가 중요한 것이 아니었다. 앞으로 최소한 3년에서 5년 이상의 의무적인 교육을 부과하고 글과 수를 가르쳐서 재질 있는 사람들을 골라내는 방식으로 관료 집단을 꾸리고 전체적인 인구의 교육수준도 향상 시켜야 하니, 이러한 수준의 양질의 인구를 더 큰 규모로 키워낸다는 것은 막대한 노력과 고려(考慮)를 필요로 하는 일이었다. 무엇보다도 시간과 금전이 들어가는 일이다.

'천릿길도 한 걸음부터라지 않았나. 지금으로서는 천천히 내다보고 나아갈 수밖에.'

그나마 다행이라면 정민이 동래로 온 뒤로 수년이 넘게 시비법과 이앙법이 보급되고 정착되어서 연간 소출이 두 배에서 많게는 세 배 가까이나 증가했을뿐더러, 그에 따라서 최근 삼 년여간의 출생 및 이주를 통한 인구 증가가 눈에 띌 정도로 늘고 있다는 점이었다.

앞으로 이런 추세가 계속된다면 인구 부족에 대해서는 장기적으로는 걱정하지 않아도 좋아 보였다. 그리고 이러한 농업 정책을 통해서 인구를 단기적으로 늘여 나갈 수 있는 것은, 그것이 낙동강 하구를 끼고 있는 이 지역의 토지에 기인하는 것이기도 하거니와, 지리적인 위치 때문에 정민의 봉토에서나 가능한 일이었다.

고려 땅은 대개 큰 바다와 면한 일본이나 위도가 낮고 역시 바다와 크게 접하고 있는 남송 일대와는 봄철 강수량에서 큰 차이를 보였다. 여름철에 비가 집중되는 하우(下雨) 기후라는 것과 그 때문에 벼농사에 강점을 보인다는 점에 있어서는 이들과 크게 다르지 않았으나, 결정적으로 부족한 봄철 강수량 때문에 이앙법 같은 것을 쉽게 시도하기가 어려웠고, 한발과 기근에 취약했으며, 보리와 벼를 통한 2모작도 상당히 애를 먹고 있는 상황이었다.

실제로 고려 땅은 위도가 올라갈수록 대개 논보다는 밭농사를 통해서 쌀을 재배했으며, 그 결과 현대만큼 개량되지 않은 부실한 종자와 밭농사의 한계, 시비법이나 이앙법에 대한 부적합성 때문에 그 소출이 현대에서의 같은 면적에 기대할 수 있는 것에 비해서 적게는 십분지 일에서, 많아 봐야 오분지 일 정도도 되지 않았다.

그에 비해 기계화농업은 고사하고, 우마(牛馬)에 의한 밭갈이도 대개의 경우는 어려웠는데, 그것은 말과 소를 유지하기 위한 건초를 마련하는 데에 드는 농경지와 인력을 감안하면 그냥 사람을 투입해서 지독한 노동을 시키는 것이 차라리 경제적이기 때문이었다. 그 때문에 농민들은 늘 빈곤의 한계선에 몰려 있는 상황에서 끊임없는 농사일에 내몰렸고, 그에 비해서 소출은 기본적인 한계가 있어서 부양할 수 있는 인구는 적었다.

이 시기에 접어들어 중국의 강남 지역과 일본에서는 시비법과 이앙법이 크게 성공하고, 따뜻한 겨울 날씨와 충분한 겨울 및 봄 강수량 덕분에 일부 지역에서는

왕좌의 아침

쌀로만 2모작을 하기까지 하면서 토지당 농업생산량이 크게 개선되고, 그 결과 잉여 인구가 늘어나고 이들이 상품작물의 재배, 상업 등에 투신하여 국가의 재화가 크게 느는 등의 사회적 변화가 일어나고 있었다.

특히 비슷한 방법으로 쌀농사를 짓는다고 했을 때, 산간이 많고 아직 미개척지가 도처에 산재한 일본에 비해서 고려 땅이 절대토지의 전결이 적다고 할 수 없었는데, 이러한 농업 방식의 변화가 종국에는 이 시점부터 일본과 고려의 차이를 만들어내기 시작했다고 할 것이다.

이 농업 방식의 변화는 본래적 기후에 기인하는 것이고, 이 기후 때문에 한반도에서는 이앙법이 정착되기까지 시간이 매우 들어서 조선 왕조가 한참일 때야 전국적으로 크게 보급되기 시작하니, 그 간극은 절대 무시할 수 있는 것이 아니었다.

그런 점을 감안할 때, 크게 일본이나 중국 강남 지방에 비해서 봄철 강수량이 적지 않고 강의 하구를 끼고 있다는 점에서 수자원이 늘 부족하지 않고, 기후가 따뜻하고 겨울에도 견딜 만한 동남해안에 봉토가 위치하고 있다는 것은 큰 장점이었다. 정민이 만약 보다 위도가 높은 내륙 지방에 봉토를 받았다면, 그의 선택지는 크게 줄어들고도 남았을 것이다. 그러나 적어도 지금에 한해 정민으로서는 자신이 쥐고 있는 세 고을이 가진 이점 덕분에 시도해 볼 수 있는 일이 크게 늘어난 셈이었다.

'동래를 기반으로 삼게 된 것은 정말로 다행인 일이다. 돈을 불리기 좋은 환경이라는 점에서도 그렇고, 농업을 진흥하고 인구를 부양하기에도 당장에는 더 나은 선택지가 없다.'

정민은 새삼 그렇게 생각했다.

조사된 지도를 펼쳐 놓고 대략의 통계를 매겨보니, 세 고을을 합쳐서 전체 면적이 대략 3,400제곱킬로미터가량이 되었고, 그 가운데 농지로 전용되고 있는 것은 대략 1/4가량인 860제곱킬로미터 정도였다. 전체 면적 가운데 농지로 1/4이나 가용할 수 있다는 것은 어마어마한 것이었는데, 산지와 임야, 토지의 질이 좋지 않은 땅들을 제하고 나면 이 시대에 보통 농지는 대략 전체 토지의 1/6에서 1/5 정도만 되어도 꽤나 땅을 효과적으로 이용했다고 봐도 좋을 정도였다.

그런데 생각 외로 평지가 많은데다가 범람원까지 끼고 있으니, 860제곱킬로미터라면 어마어마한 수치였던 것이다. 대략 현재의 농법으로 1제곱킬로미터당 100여 톤의 쌀을 생산해 낼 수 있고, 그것으로 대략 최저의 생활수준에서 300명 남짓의 인구를 부양할 수 있었다. 100여 톤이라면 대략 8,000말에 해당하는 쌀이 생산된다. 현대 기준으로 한다면 1제곱킬로미터라면 적어도 300톤에서 많게는 400톤 가까운 쌀을 생산해 내겠지만, 이 시대에서는 2모작을 하고, 시비법과 이앙법을 사용해도 그 정도가 일단은 한계에 가까웠다. 그래도 860제곱킬로미터라면 단순 산술로는 25만 명가량의 인구가 부양 가능하니, 아직 인구를 수만 가까이 늘릴 수 있는 잠재력이 있는 셈이었다.

'모자란 곡물은 외부에서 사서 들여오고, 남는 인구는 상업이나 공업 등에 종사하게 한다면 최대 40만 가까이도 감당해 낼 수 있다.'

15년에서 30년 남짓으로 중장기적인 계획을 잡고 인구를 성장시킨다면 고려 전체 인구의 십분지 일에 해당하는 규모의 중량감 있는 소국(小國) 하나가 정민의 통치를 받게 되는 셈이었다. 그러나 이 인구는 단순한 농사꾼이 아닌, 이 시대의 다른 어느 지역에 비해서도 잘 교육 받고 잘 먹게 될 것이었다.

그렇다면 일인당 노동생산량을 따져 개개인이 산출해 내는 가치를 감안하고, 그것이 국력의 총량이라고 생각해 보았을 때, 적어도 고려의 1/3에서 반절에 가까운 국력을 갖게 되는 셈이었다. 이것은 1년, 2년 만에 될 일도 아니고, 정민이 시행할 계획에 따라서 새롭게 교육 받고 자라난 세대가 중추가 되기를 기다려야 하니, 족히 20년을 잡아야 하는 것이다.

그러나 이 20년이 지난 뒤에 정민의 봉토는 하나의 상업 제국으로서 거듭날 초석을 다지기에는 충분할 것이었다. 그것이 정민이 할 수 있는 일의 한계이면서, 동시에 어마어마한 성과이기도 했다.

'마음 같아서야, 그리고 내 능력이 된다면야 산업혁명이라도 일으키고 싶지만, 그럴 지식도 없거니와, 이 시대의 물적 기반이 그것을 허락하지 않는다.'

뜬금없이 현대인이 옮겨 갔다고 해서 산업혁명을

10년 만에 완수한다? 그것은 말도 안 되는, 불가능한 계획이었다. 정민은 분명히 현대에서도 교육을 상당히 잘 받은 축에 속하고, 운도 따라줘서 고려 땅에 도달한 지 채 10년이 지나지 않아서 국제무역에서 한몫을 잡을 수 있었고, 정치적으로도 크게 입지를 다졌으며, 아주 기초적인 수준의 화승총까지 개발할 수 있었다.

그러나 거기까지였다. 그래봐야 아직은 고려 땅에 딸린 조그만 제후국의 실권자에 불과했다. 물론 금주는 아버지 정서의 봉토이니 사실상 정민이 물려받게 될 것이고, 거제는 심복 정명해의 봉토이니 사실상 정민의 땅이라 보아도 무방할 것이나, 실제로는 동래를 속현으로 삼게 된 양주 한 고을이 그의 전부였고, 그 고을은 소출이 다른 지역에 비해서 더 좋고 정민이 주도한 상업의 진흥의 거점인 동시에 이앙법 등의 시행으로 조금 더 윤택하게 사는 정도에 불과했다.

'이앙법과 시비법이 거제나 금주 등에도 알음알음 퍼져 나가서 많이들 시행하고 있다고 하나, 본격적으로 동래 수준만큼 시행시키려면 좀 더 노력을 기울어야겠다. 외부에서 유입되는 인구도 마다하지 않고 받고.'

정민은 한참을 그렇게 지도를 펼쳐 놓고 고민을 거듭했다. 그리고 앞으로 5년 단위로 어떻게 자신의 소국을 꾸려 나갈지를 계획해 보기 시작했다. 해야 할 것이 너무 많은데 그럼에도 불구하고 아직 역량이 충분하지 못했다. 그러나 이제 드디어 조그만 제후국이라고는 하나 원하던 자리에 올라 자신이 뜻하는 대로 일국을 다스려 볼 기회를 얻게 되었다. 모든 게임은 이제부터 시작이었다.

제39장
정월(正月)

1164년, 가흥 3년의 정월(正月).

　새해가 밝았다. 정민은 가만히 세월을 셈해보고서는 자신이 고려 땅에 도달한 지도 어느덧 10년 기까운 시간이 흘렀다는 것을 실감하고 있었다. 정민의 나이도 이제 스물일곱이었다. 물론 이것은 고려 땅에서 정서와 처음 만났을 때 말한 나이로부터 센 것으로, 실제 나이는 서른을 훌쩍 넘었을 것이다. 그러나 은경(銀鏡)에 비친 얼굴은 고작 이십 대 초중반으로밖에 보이지 않았다. 그나마도 고려의 관습대로 수염을 길러서 그렇지, 마치 세월을 비껴간 것처럼 외모가 여전했다.

'확실히 고려 땅으로 오고 나서 신체가 훨씬 건강해지고 피로도 거의 없긴 해.'

이 신체에 적응이 되어서 지내다 보니 평소에는 자각을 하지 못하고 있었는데, 새삼 생각해 보니 신기하기 짝이 없었다. 물론 과학적으로는 자신이 무슨 일을 겪고 있는지 설명할 자신이 없었다. 그러나 그렇게 따지기 시작하면 애초에 시간 이동을 한 것부터가 정민으로서는 설명할 수 있는 일의 밖이었다.

애초에 시간을 거슬러서 자신이 역사를 바꾸며 살아가고 있다는 것 자체가 정민에게는 믿을 수 없는 일이기도 하거니와, 자신이 믿어왔던 과학적 세계관을 뒤흔드는 것이긴 했다. 그러나 철학적으로 따졌을 때, 자신이 경험하고 있는 것이 논리적 불가능을 지니는 것은 아니었다. 물론 정민은 이 경험 자체가 과학적으로 설명 불가능한 불가해(不可解)라고 생각을 하지는 않았다. 물론 정민의 지식으로 가늠할 수 있는 부분도 아니었다.

'누가 가상 현실 기계에 나를 집어넣기라도 했나?'

사실 정민으로서는 이 세상을 벗어날 방법도 모르거니와, 이제는 그럴 마음도 없었다. 모든 것이 갖추어진 현대 한국이 그립지 않은 것은 아니었다. 그러나 이렇게 현실감 있게 물리적으로 느껴지는 지금의 세상에서 살아온 것이 10년이었다. 죽을 고비도 수차 넘겼고, 정치적으로 궁지에 몰린 적도 있었으며, 그럼에도 불구하고 그 모든 것을 헤쳐 나와서 지금 두 명의 아내와 일가를 건사하고, 더불어서 한 지역의 제후가 되어 미래를 그리고 있는 상황이었다. 이제 이 모든 것을 다시 뒤로 물리고 현대 한국으로 돌아가 다시 대학원 생활을 하라고 한다면 고민이 될 것 같긴 했지만, 쉬운 결정은 아닐 것이 분명했다.

'지금으로서는 고민할 여지도 없다는 건 분명하다.'

고민도 방법이 있을 때 하는 것이다. 정민은 이미 이 고려 땅에서 최선을 다한 삶을 살아가기로 마음먹은 지가 벌써 오래였다. 자신이 경험하고 있는 것이 실제의 과거이든, 아니면 평행 우주의 다른 세상이든, 아니면 그저 가상 현실에서 겪고 있는 일장춘몽이든, 정민은 더 이상 신경 쓰지 않기로 생각했다. 중요한 것은 자신이 지금 이 세상 속에서 살아가고 있다는 사실이었다.

"뭘 그리 골똘하게 거울을 보고 계세요?"

정민은 자신에게 기대앉아 있는 왕연의 말에 문득 자신이 그녀와 함께 있었다는 것을 떠올렸다. 온돌로 방을 따뜻하게 데워서 한겨울인데도 춥기는커녕 더워서 땀이 배어 나올 지경이었다. 그 또한 상체를 드러낸 채로 있었고, 왕연도 속곳만을 입고 이불을 함께 덮고 있는 상황이었다. 등에 불을 붙이고 거울을 잠깐 보았는데, 그 때문에 왕연이 잠에서 깬 모양이었다.

"아직 날이 완전히 밝지 않았으니 좀 더 자두도록 해."

"아니에요. 더 피곤하지도 않은걸요."

왕연은 그렇게 말하며 은근슬쩍 가슴께를 그의 팔뚝에 가져와 붙였다. 풋풋한 여자의 체취와 함께 달콤한 목소리가 귓가에 붙자 정민은 사나웠던 정신이 확실히 차분해지는 느낌이 들었다.

"이번엔 같이 내려가야지?"

정민은 자신의 어깨에 머리를 기대고 있는 왕연을

쓰다듬으며 그렇게 말했다. 그리고 보니 그녀의 나이도 올해로 스물하나. 이제 한창 아름답게 피어오르고 있었다. 소녀이기보다는 이제 여인의 향기를 물씬 풍기고 있는 그녀였다. 고려 시대 여자답지 않게 키도 160은 넘어 보였고, 적당히 보기 좋은 가슴과 가느다란 허리, 그리고 활짝 벌어진 골반의 굴곡이 아름다웠다. 호선을 그리는 보기 좋은 눈매와 하얀 피부를 가진 아름다운 얼굴은 두말할 것도 없었다. 그런 그녀를 동래에 내려가 있는 반년간 개경에 떨어뜨려 놓고 있었으니, 정민으로서는 하루바삐 자신이 있는 곳으로 데리고 내려가고 싶은 마음뿐이었다.

"그런데 저마저 내려가면 이제 아버님은 누가 문안을 드리고 뫼시겠어요?"

서둘러 정민의 곁으로 내려가고 싶은 것이야 왕연도 마찬가지였다. 다르발지와 조인영이 정민을 따라서 동래로 먼저 내려갔기에 자신이 그의 곁에 없다는 것이 불안하기 짝이 없는 그녀였다. 그러나 한 가지 마음에 걸리는 것이 있다면, 여전히 금주로 가지 않고 개경 조정에 남아서 권력의 한 축을 지키고 있는 정서에 관한 것이었다. 정민은 자신까지 봉지로 내려갈 경우에 급격하게 권력의 추가 요동치지 않을까 걱정하고 있었다. 그리고 그 판단은 옳은 것이었다.

기존의 권문세가들이 크게 몰락을 하고 있는 것은 자명했지만, 반정에 가담하거나 중립을 지키고 있던 적잖은 가문들은 여전히 중앙 정계에서 한자리씩 차지하고 있었고, 여기에 황제와 무신들까지 가세하여 권력의 향배는 불안하기 짝이 없는 상황이었다. 예전의 동지들도 이제는 각자 자기의 갈 길을 생각하여 각자 도생하지 않으면 안 되는 상황이 되어가고 있는 셈이었다.

정민은 동래로 내려가면서 이부상서의 자리를 반납하고 중앙에서는 관직을 일절 맡지 않고 있지만, 정서는 여전히 상서령(尚書令)의 지위를 유지하면서 대신에 금주공의 제후로서의 권한은 아들인 정민에게 위탁해 놓은 상황이었다. 이렇게 봉지를 받고도 여전히 개경을 떠나지 않고 있는 것은 비단 정서뿐만은 아니었다.

김돈중도 동생인 김돈시와 아들인 김군수(金君綏)를

명주로 보내놓고 자신은 개경에 남아 있었다. 정중부도 황제에게 청원하여 병부상서(兵部尙書)의 자리를 받아 조정에 올라와 있는 상황이었고, 황제가 키우고 있는 이고에게 도움을 주기도, 견제를 하기도 하면서 무신들 사이에서의 자신의 영향력을 최대한 보전하려는 움직임을 보이고 있는 상황이었다.

"연아, 네가 있어준다면 아버님도 크게 든든하시긴 하겠으나, 그래도 언제까지고 개경에 머무를 수는 없지 않겠니? 폐하께서도 그리 윤하실 거야."

사실 이야기를 꺼내지 않고 있지만, 왕연이 개경을 떠나지 않고 있는 이유는 정서 때문만은 아니었다. 임태후와 황제가 내심 왕연이 멀리 떠나지 않고 개경 안에 머물러 주었으면 하는 내색을 보이고 있던 것이다. 지금으로서는 유일한 자녀인 그녀를 가끔 불러다 보는 것이 황제에게는 낙이었던 것이다.

그러나 정민이 생각하기에 왕연은 누구의 딸이고, 누구의 며느리이기도 하지만, 일단은 자신의 아내였다. 그녀가 가진 젊음을 누군가에게 빼앗기고 싶지 않다는 것이 솔직한 심정이었다. 그는 왕연을 살짝 젖혀 눕히고 그녀의 가슴께에 얼굴을 파묻었다. 살짝 땀 냄새가 섞인 여인의 살 내음이 코에 훅 끼쳐 왔다.

"아이를 갖고 싶어요."

자신의 가슴에 묻힌 정민의 뒷머리를 힘주어 끌어안으며 왕연이 말했다. 정민은 순간 놀랐지만, 동시에 기쁘기도 한 마음으로 고개를 끄덕였다. 그럴 때가 되기는 하였다.

"그래, 그러자."

정민의 말에 왕연의 얼굴이 발갛게 익으면서도 기쁨 어린 미소가 절로 떠올랐다. 그녀는 어서 그의 아이를 배어서 안주인의 자리를 굳히고 후계도 안정시키고 싶은 마음이 있었다. 물론 순수하게 사랑하는 남자의 아이를 가지고 싶다는 마음이 더 컸지만, 그 아이가 사내아이라면 그녀가 지닌 정실부인으로서의 입지는 누구도 넘볼 수 없는 것이 될 것이었다.

그녀는 다르발지가 처음이자 마지막 경쟁자라고 생각하지 않았다. 지난 몇 년간 정민이 승승장구하면서 날개를 단 듯 입지를 다져 가는 모습을 보아온 그녀였다. 정치적인 이유에서라도 앞으로 그의 곁에 여자들이 더 붙게 되지 않을 수 없었다. 그녀들이 모두 정민을 사랑하지는 않더라도, 결과적으로 세상 돌아가는 것이 그랬다.

왕연은 바보가 아니었다. 내당(內堂)에도 정치는 있는 법이다. 이제 막 스물하나의 나이지만, 그녀는 이제 소녀에서 여인으로 탈바꿈하고 있었다. 겉모습뿐만 아니라 정신도 그랬다.

"꼭 당신을 닮은 아이를 낳을 거예요. 그러니 오늘은 꼭 저를 안아주세요, 오라버니."

그녀의 목소리뿐 아니라 몸도 젖어 있었다. 정민은 더 이상 이성적으로 생각할 수 없었다. 척추를 따라 흥분이 올라오는 것을 느끼며 그는 그녀의 허리를 부서져라 꼭 끌어안았다.

정민이 개경에 올라온 것은 다름 아니라 매년 정초에 있는 조하(朝賀)에 참여하기 위해서였다. 당연한 일이지만, 이제는 제후 된 신분으로서 정초에 황제를 배알하고 군신 관계를 확인하는 것은 반드시 치러야만 하는 의식이었다. 정민뿐만 아니라 각지에 분봉(分封)된 제후들이 모두 정초를 맞이하여 개경으로 상경한 상황이었다.

조하의례 자체야 반나절을 넘어가지 않았으나, 중요한 것은 그 뒤로부터의 며칠간이었다. 정치적으로 매우 중요한 일들이 산적해 있는 것이었다. 주된 것은 중앙에서 관직을 살고 있는 직신(直臣)들이 황제와 더불어 논할 일이지만, 작금의 제후들은 모두 얼마 지나지 않은 반정의 공신들로, 정치적 입김이 무시할 수 없는 상황이었다. 이들이 어떠한 합의를 보느냐에 따라서 정치적 방향도 달라지는 것은 당연한 일이다. 금일 오른 논제 가운데 하나도 그러했다.

"금 황제가 안정이 되고 나니, 이제 고려에 대해서도 신경을 쓰기 시작한 모양일세."

역시 개경으로 상경해 있던 박주현남 김정명이 먼저 운을 떼었다. 그는 금 황제의 약속대로 국경 지대에 설치한 각장(榷場)을 관리하고, 앞으로 증대될 금나라 내부로의 상업적 진출을 위해 정민이 고심 끝에 국경

에 가깝고 바다와 면한 서북방 박주에 봉지를 받도록
했다.

과연 김정명은 정민이 기대했던 것을 충분히 잘해주
고 있었다. 그는 박주에 내려가자마자 배들이 충분히
잘 드나들 수 있도록 청천강 하구에서 바다를 향해 난
나루를 정비하고, 정민이 보내준 벽돌과 기와로 선창
(船廠, 조선소)과 창고들, 그리고 상관 건물을 짓고
있었다.

올해부터는 금 황제의 약속대로 국경의 각장을 통해
서 정민이 독점적으로 거래를 하게 될 것이고, 금나라
내부로도 연간 일정 정도의 상인들을 들여보낼 수 있
게 될 것이었다. 그리고 그 북방 거점 가운데 하나로
선발된 박주는 정민과의 연대로 인하여 번영을 누리게
될 것이 자명한 일이었다. 김정명은 그러한 이유로 주
저 없이 관직을 버리고 박주로 내려갔던 것이다. 그런
그이니만큼 금나라의 동향에는 민감하게 굴 수밖에 없
었다.

"칭신(稱臣)한 나라에서 연호를 반포하였으니, 황제
의 심기가 불편할 만도 하지."

김정명의 말을 화주현자 문극겸이 받았다. 금나라 본토로의 진출을 감안하고 박천으로 영지를 받도록 조치한 것이 김정명이라면, 문극겸은 아직 충분히 자신의 사람은 아니지만, 어느 정도 갈라전으로 나아가는 항로에서 도움을 받을 것을 기대하고 화주에 영지를 받게 한 사람이었다.

모든 것이 김돈중과 아버지 정서의 도움이 없었다면 이루어지기 힘든 일이었지만, 정민이 어째서 김정명과 문극겸을 변방의 벽지로 보내는지 동기를 알 리 없는 김돈중은 쉽게 동의를 해주었고, 황제도 마찬가지였다. 그러나 김정명과 문극겸에게는 자신이 구상하는 전략의 일부를 밝힌 정민이었고, 이들은 지금 당장의 고을 형편만을 보지 않고 앞을 내다보고 그곳을 봉지로 삼아 내려갔던 것이다.

"일은 일일세. 지금 당장은 금나라의 심기를 크게 거스를 수도 없거니와, 그렇다고 기왕에 한 건원칭제를 물릴 수도 없는 노릇이니."

정민으로서도 고민이 아니 되는 것은 아니었다. 지금 단연 문제가 되고 있는 것은 연말에 금 황제가 사

자를 개경으로 보내 연호를 쓰는 것에 대해서 질책을
한 사건이었다. 물론 아주 온화하게 고려의 황제를 왕
이 아닌 제(帝)라 칭해주고 있었지만, 내용 자체는 왕
이든 황제든 금 황제의 아래에 있는 군주인데 연호를
쓰는 것은 문제의 소지가 많다는 것이었다.

"쓰더라도 대내적으로만 쓰고 대외적으로는 아직 자
제하는 수밖에."

정민은 건원칭제를 물린다는 것은 고려의 황제가 제
후를 봉할 수 있는 권리조차도 정당성에 의문이 제기
될 수 있다는 것을 의미한다는 사실을 잘 알고 있었다.
그래서 그것은 절대로 포기시킬 수 없는 영역이었다.
단순한 자존심의 문제가 아니었다. 그것은 고려 내의
현 권력 질서에 명분을 부여하는 주요한 장치 중 하나
였다.

물론 고려는 그간 대내적으로 왕제(王制)도 아니고,
황제국의 제도도 아닌 애매한 경계에 서 있었지만, 이
제 그것을 공식화시켜서 황제의 지위를 확고히 한 것
은, 예전상의 황제의 지위가 높아지면 높아질수록 아
래에 있는 제후와 신료들의 지위에도 명분이 더해지기

때문이었다.

겨우 일개 제후국의 국왕이 그 아래에 여러 제후들을 다시 거느리는 것은 그만한 명분이 없었다. 그러나 황제는 자기 영토를 떼어 분봉할 권리가 있는 자리였다. 그렇기 때문에 고려의 황제는 황제로 남아야만 했다.

"서하(西夏)도 그리하고 있으니 우리도 적당히 처신한다면 금 황제도 더는 문제 삼지 않을 것이긴 할 것이야."

김정명의 말은 일리가 있었다. 서하는 공식적으로는 금나라를 상국으로 받들고 있는 상황이지만, 대내적으로는 완전히 황제국의 제도를 취하고, 연호도 주기적으로 반포하고 있었다. 다만 금으로 보내는 국서에는 절대 자국의 연호를 사용하지 않고 금 황제를 높이고 금국의 연호를 기입하여 자신들이 그 질서 속에 들어와 있음을 상기시켜 주는 것이다. 그리고 그것은 금나라 대내적으로 금 황제의 명분을 다시 강화시켜 주는 것이다.

"그 문제에 대해서는 우리가 그리 건의해서 금상폐

하께서 그리 조치토록 하셔야 하지 않겠는가."

정민이 일단 이야기를 마무리 지었다. 지금으로서는
달리 대안이 없었다. 그리고 금 황제의 대외적인 체면
도 충족시켜 주어야 앞으로 금나라에서 벌일 상행에
지장이 최대한 없어지는 것이다. 금나라의 산물도 중
요하거니와, 금나라는 서하와 그 너머의 서역으로 이
어지는 비단길의 시발점이라는 점에서 매우 각별한 의
미가 있었다. 정민으로서는 반드시 마찰 없이 관리해
야 할 대상 가운데 하나였다.

'금나라가 무너지고 그곳에 정치적 힘을 투사할 수
있다면 더 바랄 것이 없겠지만, 내가 본 완안옹은 절
대로 만만한 군주가 아니다. 적어도 앞으로 금나라는
최소 30년간은 태평성대를 누리며 전성기를 맞이할
것이다.'

그나마 다행이라면 전대 황제와는 다르게 완안옹은
대외적인 팽창에는 관심이 없고, 내부적으로 금나라의
국력을 신장시키는 일을 우선한다는 것이었다. 그가
황제의 자리에 오르고 나자마자 취한 정책 가운데 하
나가 여진 문자를 크게 보급하고 진흥시켜서 국가의

정체성을 잡고 황제의 권한을 강화시키는 것이었다. 내부적으로 정치적 안정을 도모하고 농업을 진흥시키려는 의지는 꾸준히 관철되고 있었다.

상인의 입장에서는 이러한 군주와 친선을 잘 도모하여 금나라에서 상업적인 권익을 꾸준히 늘려 나가고 확보하는 것이 더욱 중요했다. 물론 그렇게 긴밀하게 맺어진다면 고려에 대한 금나라의 정치적 행동에도 제약이 많이 걸리게 될 것이고, 만에 하나라도 전면적인 군사 충돌은 일어나지 않을 것이 자명했다.

물론 국제적인 역학 관계도 절묘했다. 완안옹이 아니라 그 누구더라도 배후에 남송과 서하를 두고 고려에 국력을 집중시켜 공격해 댈 수 없었다. 전대 금나라 폐주 완안량이 국력을 탕진해 가며 송나라에 대해 전면전을 벌였다가 결국 자승자박하지 않았던가.

"그 문제는 그리 상소하도록 합세."

김정명이 쉬이 동의했다. 물론 제후들 가운데에서도 나이가 어리고 말석에 자리한 이들이 무슨 큰 힘이 있는 것은 아니었다. 그러나 중요한 것은 정민이 그들의 편이고, 정민은 정서를 움직일 수 있었으며, 간접적으로 황제를 설득할 수 있는 자리에 있다는 점이었다.

"내가 직접 폐하께 그리 상주하도록 하겠네."

정민이 고개를 끄덕였다. 가만히 듣고 있던 문극겸이 조심스럽게 이야기를 꺼낸 것은 그때였다.

"폐하께서 요즈음 상장군 이고를 크게 중용하여 힘을 자꾸 실어주고 계신 것을 알고들 계시는가?"

문극겸은 깐깐한 유자(儒者)로, 늘 대쪽 같은 잣대로 직언하는 것으로 유명한 사람이었으나, 그리고 정치적 움직임에 둔감한 것은 아니었다. 개인의 사리사욕을 챙기는 사람은 분명히 아니었으나, 필요하다면 정치적으로 민감해질 준비는 되어 있는 이였다. 그런 그가 먼저 이고의 이야기를 꺼내든 것이 정민은 자못 반갑기도 했다.

"폐하께서는 완전히 믿고 신임할 수 있는 자가 필요하신 게지."

"그러나 전대 폐주가 늘 그러한 마음으로 환관들을 싸고돌아 결국 어떠한 사달이 나게 되었는지 알지 않는가?"

문극겸은 이고를 환관에 빗대고 있는 셈이었다. 황

제가 듣게 된다면 노여워하고도 남을 말이었다. 물론 그렇게 볼 여지가 충분하기는 했다. 그러나 정민은 고개를 저었다.

"폐하께서 정치적 입지가 어느 정도 단단한 것이 우리에게도 도움이 될 걸세. 우리가 원하는 것이 고려를 갈기갈기 찢어서 통치하는 것인가, 아니면 폐하에게서 신료들에게로 권력을 빼앗아 오는 것인가. 그런 것이 아니지 않은가. 폐하께서 선정을 펼치실 수 있도록 안정된 성대를 구가하게 돕는 것이 우리가 제후 된 몸으로 해야 할 일이 아니겠는가. 폐하께서 든든하게 믿고 의지할 가까운 신하가 있다는 것이 꼭 그릇된 일은 아니지 않겠는가."

물론 정민의 속마음은 그저 황제가 괜히 제후들을 지나치게 경계하고 자신의 봉국에 영향력을 뻗치려 하는 것을 막는 것이었으나, 어찌 되었든 명분이 중요했다. 황제가 스스로 권력을 가지고 있고, 그것으로 통치를 행하고 있다고 믿을 때에만 안정이 올 수 있었다. 문극겸도 정민의 말 가운데에서 그 뼈를 읽었는지 어쨌는지, 마지못해 고개를 끄덕이며 동의를 표했다.

"좌우지간 앞으로 고려는 여러 격변을 겪게 될 것이네. 시대가 움직이고 있는 것은 자명한 일이야. 그런 추세에 기민하게 대응하지 않으면 우리 또한 도태되고 말 걸세. 태평성대가 절로 주어지지 않는다는 점을 늘 유념들 하시게."

정민이 김정명과 문극겸을 돌아보며 말했다. 그리고 그것은 자신에게 하는 말이기도 했다. 반드시 그래야만 했다.

정민은 며칠 뒤 황제의 부름을 받고 다시 궐전을 찾았다. 그곳에서 그는 황제에게 금나라에 연호 이야기는 일절 쓰지 말고, 금 황제의 공덕을 찬양하고 고려국이 금의 배하에 있음을 확인시켜 주며, 금의 연호로 국서를 적어 보내는 대신에 옥쇄를 필히 고려국 황제의 새(璽)로 찍는 것이 어떠한가 하고 상주하였다. 황제는 그것이 괜찮은 대응이라고 생각하고 조정 중신들과 다시 의론하여 그리 조치하겠다고 대답했다.

물론 황제가 정민을 불러들인 진짜 이유는 다른 것이었다. 좋게 말하면 국사에 대하여 정민을 가까이 두고 의론하고자 함이요, 안 좋게 이야기하자면 돈이 필요하니 좀 더 내어놓을 수 있느냐는 것이었다.

지금 황제가 크게 신경을 쓰고 있는 두 가지 사업이 바로 황궁의 중수와 사전(私田)을 척결하는 일이었다. 특히 후자의 경우 예전에 전시과(田柴科)의 제도를 통하여 관직에 대한 급료의 성격으로서 지불한 과전(科田) 및 수령을 파견하지 않는 고을들에 있어서 기존의 호족들이나 향리 계층에 대하여 토지의 소유를 인정한 외역전(外役田) 따위가 일부 호족 집안들의 사전화되어 대토지겸병이 일어나 국가의 수조권이 위태로운 것을 바로잡고자 한다는 점에서 반드시 진행해야 하는 일이긴 했다.

물론 여기에는 일반 사전뿐만 아니라 몇몇 대사원들이 지니고 있는 사원전(寺院田) 따위도 포함이 되었는데, 사실상 고려의 기존 토착 정치 세력들에 대한 전면적인 선전포고나 다름없는 만큼 지금 힘을 실어주지 않으면 다음을 기약하기 어려운 일이었다.

사실 지금 가장 정치적으로 힘을 가지고 있는 공신 집단들은 분봉(分封)하여 아예 확실한 권리를 보장하고, 무신들을 포섭하여 무력을 독점한 다음, 빠른 속도로 진행하고 있는 일이니만큼 황제로서도 심기가 많이 소모되는 일이거니와, 예산도 빠듯했다. 그래서 혹여나 더 협조해 줄 수 없는지 정민을 떠보는 것이었다.

"은병 이천 근을 다시 내어 바치겠나이다."

정민으로서는 피 같은 돈이 빠져나가는 셈이지만, 황제가 이를 사용하여 고려 본토를 안정시킬수록 장기적으로는 자신의 이득이라는 생각에 내키지 않아도 들어 바칠 수밖에 없었다. 더군다나 거절해서 틈이 벌어지게 되면 그것이 더욱 손해인 것은 자명한 일이었다.

물론 황제가 자신을 돈이 마르지 않는 화수분처럼 생각하는 것은 곤란한 일이긴 했다. 하지만 자신에게 이권을 자꾸 보장해 줘야 금전적으로 황제 자신도 이득을 본다는 암묵적 동의가 이루어지는 것이 중요했다. 그래야 황제가 앞으로도 자신에게 어떠한 특권적 권리를 부여할 가능성이 높아지는 것이다.

각장에 대해서 금나라 황제에게는 특권적 지위를 부

여 받았으나, 고려 황제가 대거리를 하면 일이 골치 아파지는 일이다. 그러나 이번에도 대금 무역에 관해서는 고려 황제가 정민에게 또한 독점권을 순순히 인정해 주었다. 그것은 그만큼 대가를 필요로 하는 것이 자명했다.

'장사하고 세금 낸다 생각하면 뭐…….'

아깝지만 지금은 지출해야 할 돈이었다. 사실 정민을 놀랍게 한 것은 황제가 돈을 더 내어놓으라고 한 것이 아니라, 국혼을 올해 안으로 치르겠다고 넌지시 말한 것이었다.

"대통을 튼튼히 하기 위해서는 마땅한 일이나이다, 폐하"

정민은 겉으로는 진심으로 그리해야 한다는 투로 매우 깍듯하게 황제의 마음에 찰 만한 대답을 하였으나, 속으로는 적잖이 우려가 되었다. 사실 정씨 집안에 황제에게 들일 여식이 있다면 좋은 일 일 터이나, 아마도 있어도 황제가 지나치게 동래 정씨와 결착되는 것을 꺼려서 거절할 수 있는 노릇이고, 일단 마땅한 여식이 없기도 했다.

문제는 그것은 그렇다 치고, 과연 누가 황제의 정비로 간택될 것이냐는 문제였다. 황제가 자신의 처가에 특권을 마구 줄 것 같지는 않았으나, 어찌 되었든 그 간택된 황후의 집안은 지금의 미묘한 정치적 균형 상태를 어떤 식으로든 흔들 수 있었다. 그렇다고 왕연을 제외하고는 자식도 없는 황제더러 후사를 보지 말라고 채근할 수도 없는 노릇이었다.

'그냥 궐내의 궁녀 하나를 안아서 후계를 보면 차라리 나을 텐데.'

물론 그것은 정민의 속마음이고, 밖으로는 절대 내비칠 수 없는 것이었다.

"폐하께서 황후를 들이고자 하시는 것을 혹시 알고 있었니?"

대궐에서 물러나온 정민은 개경의 자택으로 돌아와 왕연과 마주 앉아서 넌지시 물어보았다. 왕연은 깜짝 놀라서 고개를 저었다.

'애지중지하는 딸에게도 이야기하지 않은 것으로 보아, 아마 마음을 굳히신 지는 얼마 되지 않으신 모양

이다.'

그렇다면 아마도 아직 황후로 내정한 사람은 없다는 이야기일 것이다. 지금이라도 최대한 신경을 써서 위험하지 않은 이가 황후로 들어가도록 영향력을 조금 발휘해야 할 것 같았다. 그 점에 있어서는 왕연도 생각이 일치했다. 그녀로서도 의붓어미로 아무나 받아들일 수는 없는 노릇이었다. 아무리 출가한 공주라고 하지만 오랜 세월 황제의 무남독녀였다. 그 부녀간의 연대는 예상보다 끈끈한 것으로, 황제는 지금도 없는 살림에 공주에게 하루가 멀다 하고 패물을 보내고 안부를 묻고 있었다.

"그대가 한 번 태후 폐하를 뵙고 이야기를 나누어보는 것이 어떨까?"

정민으로서는 당장 직접적으로 황제보고 이래라저래라 할 수는 없는 노릇이니, 왕연에게 넌지시 물어보았다. 물론 왕연은 당연히 그러겠노라 하고 나섰다.

"당연히 그렇게 해야지요."

예쁜 얼굴을 살짝 찌푸리며 결의를 다지는 그녀가 괜히 귀엽다고 생각이 들어 정민은 가볍게 그녀의 볼에 입을 맞춰주었다. 그녀는 정민의 입맞춤에 순간 부끄러워 얼굴이 발개져서 말을 잇지를 못했다. 살을 섞고 몸을 맞대고 산 지 햇수로는 몇 년이지만, 그동안 정민이 금나라에 원정을 다녀오고 동래에 내려가 있는 등 막상 함께 지낸 시간은 길지 않았다. 그런 탓에 아직도 둘은 신혼 같은 느낌이었다.

"동경 김씨에서 간택이 되는 것만큼은 막아야 한다."

정민은 정서에게도 넌지시 황제가 황후를 들이려 한다고 말했다는 것을 고했다. 정서는 올 것이 왔다는 표정으로 조심스럽게 말을 꺼냈다. 상서령의 지위에 있는데다가 임태후와 함께 실질상 측근 가운데 측근인 그로서도 처음 듣는 이야기라는 점에서 황제가 매우 조심스럽게 일을 진행시키고 있다는 사실을 정민은 다시 확인할 수 있었다.

"김돈중 집안이 혹여라도 황제의 처가가 된다면 그

야말로 범에게 날개를 달아주는 꼴이 되고 말 것이야. 지금 같은 균형 상태일수록 좋은 노릇이니, 가급적 힘이 없으나 명망만 있는 집안에서 나오는 것이 좋을 것인데……."

정서가 미간을 좁히며 말을 이었다. 정민도 사실 같은 생각이었다. 지금 상황에서 절대 황후를 내어서는 안 되는 집안을 동래 정씨 입장에서 꼽자면, 바로 김돈중의 동경 김씨였다. 사실상 현재 상황에서 공신 세력들 가운데 김돈중 일파는 동래 정씨와 무신들과 함께 솥발의 한 축을 이루고 있었다.

지금은 무신들 가운데에서 상대적으로 한미했던 이고를 중용하여 황제가 조금 힘을 실어주고 있는 상황이라 다행히도 팽팽하게 균형이 유지될 수 있었다. 그런데 만약 동경 김씨에서 황후가 나온다? 물론 황제가 그런 선택을 할 가능성은 많지 않았지만, 그런 일이 발생한다면 이 균형은 순식간에 깨어지고도 남게 된다.

"그렇게 아니 되기를 바라야지요. 물론 물심양면 신경을 써야 하긴 하겠습니다만."

정민의 말에 정서가 고개를 끄덕였다.

"반드시 그래야 한다. 겨우 여기까지 이루어놓은 것이 모두 헛것이 되고도 남음이야."

정서는 사실 누구보다도 정치와 권력에 대해서 기민한 사람이었다. 그것이 그를 전대 폐주의 의심 가운데에서도 살아남게 하고, 지금 여기까지 올라오게 만든 요인이었다.

"그 부분에 대해서는 내가 신경을 좀 쓰도록 하마. 그나저나 요즘도 여전히 자금의 회전은 괜찮으냐? 폐하께도 많은 진상이 들어간 것으로 알고 있다만."

정서의 물음에 정민은 고개를 끄덕였다.

"이번에도 다시 은병 2천을 내기로 하였습니다만, 여전히 여유 자금이 은병 5천은 남아 있습니다. 물론 이 돈들도 금주, 양주, 거제에서 여러 가지 일로 올해 다 지출해야 할 돈이긴 합니다만."

"써야 할 때는 써야 하지만, 그리 돈을 막 풀다가 예기치 않은 일로 돈줄이 콱 막히게 되면 우리 동래 정씨의 기반 자체가 한 번에 흔들릴 수 있다. 그 점을 늘 유념하여야 한다."

자본주의 사회가 아니었다. 교통의 안정성도 없었

다. 상행은 늘 불안했고, 정치적 개입에 취약했다. 이러한 상황에서 몇몇 악재가 한 번에 맞물리면 돈줄은 언제고 순식간에 말라 버릴 수 있었다. 그런 만큼 정서가 우려하는 것은 지당한 일이었다.

물론 정민이 자신의 봉지를 일종의 상업 국가로 거듭나게 하려는 것의 성패조차도 이 돈줄을 얼마나 잘 유지할 수 있느냐에 달려 있었다. 금나라, 송나라, 일본 등에 분산적으로 항로를 열고 투자를 해둔 것도 바로 일종의 리스크를 분산하기 위한 전략이었다. 단순히 중계무역의 이점만을 생각하고 한 것은 아닌 셈이었다.

"당장은 큰일은 없을 것입니다. 더불어 올해부터 갈라전, 파속로, 그리고 산동 등주에 다시 금나라와의 각장이 열릴 것이고, 이 각장에서의 거래는 모두 저희 가문에서 맡기로 이미 금 황제와 아국 금상폐하께 다 처분을 받은 일이니 좀 더 여유가 생길 것입니다."

"네가 이리도 수완이 좋아서 집안을 잘 건사하고 있으니 내 마음이 편하구나."

정서가 그래도 조금 안심이 된다는 듯 고개를 끄덕

이며 말했다. 정서의 그 말은 진심이었다. 그는 정민을 양자로 들인 것을 자신의 인생에서 가장 잘한 선택의 하나라 속으로 생각하고 있었다. 물론 그것은 정민이 정말로 동래 정씨 핏줄이라고 믿어 의심치 않기 때문이기도 했지만, 지금 같은 결과를 예상한다면 그때의 정서도 주저 없이 혹여 정민이 정씨 가문이 아니더라도 정씨로 둔갑시켜서라도 양자로 들였을 것이다. 그만큼 이 부자 관계는 서로에게 많은 이득을 가져다주었다.

"유념하겠습니다."

"그래. 앞으로 십 년간이 우리 가문의 향후 백 년을 가를 것이다. 지금도 많이 안정되었으나 여전히 사상누각 같은 지위이다. 이 토대를 충분히 견고하게 하지 않으면 언제고 정치적 풍파에 의해 몰락하고도 남음이야. 인주 이씨도 그리 강성하였으나 결국에는 몰락을 면치 못했다. 세도보다는 기반이 중요하다. 그동안 착실하게 중앙에서의 정치적 배분을 지키되, 금주, 양주, 거제의 삼군(三郡)을 확실히 우리의 기반으로 만들고, 주변 지역에도 영향력을 뻗쳐 놓아야 할 것이야."

정서가 단단한 어조로 말했다. 환갑도 넘겨 이제 부쩍 늙은 그는 육체는 비록 쇠하였으나 여전히 안광(眼光)은 살아 있었다.

"이제 일이 어느 정도 자리 잡히기 시작했으니 머잖아 결실이 있을 것입니다. 십 년이면 많은 것이 달라져 있을 것입니다."

정민의 말에 정서가 잠시 고민을 하더니, 매우 조심스럽게 이야기를 꺼냈다.

"내 일전에 너에게 남에는 신룡(神龍), 동에는 황룡(黃龍), 북에는 교룡(蛟龍)이 일어날 것이라는 도참을 이야기한 것을 기억하느냐?"

"예."

"이제 나는 남방의 신룡이 너라고 확신을 한다. 그리고 동의 황룡은 아마 동경 김씨를 일컫는 것일 것이다. 김돈중은 야심이 만만치 않은 사람이다. 혹여 그가 아니더라도 그 아들 대에서 분명히 왕업(王業)에 필적하는 일을 이루고자 할 것이다. 그러나 여전히 북의 교룡에 대해서는 가늠이 되지 않는다. 분명히 이것이 금상폐하를 일컫는 것은 아닐 것이다."

"……."

"내 요 몇 년간 주의 깊게 이 도참이 어디서 나왔는지를 수소문해 보았다. 확실하지는 않으나 탄연 대사가 입적하기 전에 최 포칭에게 말한 이야기라는 이야기가 있더구나. 만약 그렇다면 이 선사(禪師)가 필히 미래를 내다보는 눈이 있는 것임에 분명하다. 그리고 그러한 예언은 늘 허투루 생각하면 안 될 일이다."

물론 정민은 그러한 도참이니 예언이니 하는 것을 믿지 않았다. 탄연이라는 고승이 시세를 읽는 눈이 매우 날카로웠든지, 아니면 별 의미 없이 던진 말에 세상이 돌아가는 상황이 우연찮게 들어맞는 것이든지, 둘 중 하나일 터였다. 그러나 적어도 나중에 확실한 기반이 다져졌을 때, 자신이 남해의 신룡이라 언급되어서 나쁠 것은 없었다. 하지만 그것이 황제가 의심스럽게 여길 때에는 오히려 위험해질 수 있었다.

"그러한 도참이 돌아서 저희에게 무슨 득이 있을까 우려됩니다."

"무슨 말인지 안다. 내가 그리 여긴다는 말이지, 남방의 신룡이 너라는 식으로 말이 돌아서는 안 될 일이지. 그러나 낭중지추라는 말을 너도 잘 알 것이다. 결국에 네가 하는 일들은 도드라져서 세상에 뚜렷하게 드러나게 될 것이다. 그러니 이 아비가 해줄 수 있는 것은 그때가 오기 전에 모난 돌이 정 맞지 않도록 흔들리지 않는 기반을 주는 것이다. 그래서 내가 이 노구에도 개경에 남아서 신물 나는 정치를 아직도 관여하는 것이다."

정서의 말에 정민은 조금 숙연한 기분이 들었다. 핏줄로 이어지지 않은 아비이나 진심으로 정민은 정서를 자기 아버지라 생각하고 있었다. 고려 땅에서 그만큼 자신을 어여삐 여기고 아낌없이 준 사람은 없었다.

"나도 이제 늙어서 앞으로 내 잔명(殘命)이 얼마일지 짐작을 할 수 없게 되었다. 그러니 이 아비의 얼마 남지 않은 모든 지혜라도 모두 부어주고 갈 생각이다."

"어인 말씀이십니까. 백 세까지 천수를 누리셔야지요."

"허튼소리는. 운이 좋다면 여든까지 살겠으나, 내일 당장 자리에서 일어나지 못하더라도 이상할 것이 없는 나이이다."

평균 수명이 현대와는 비교도 되지 않는 시대였다. 쉰 줄만 넘겨도 노인이라 생각되는 것이다. 인생오십 년(人生五十年)이라는 말이 전혀 이상하게 들리지 않 는 시대이니, 정서가 자신이 벌써 죽음을 생각해야 할 나이에 이르렀다고 여기는 것도 전혀 이상한 생각이 아니었다.

정민은 입맛이 썼지만, 자연의 천리를 어찌할 도리 가 없는 것도 사실이었다. 현대의 의학적 기술이라면 큰일이 없는 한 정서가 십수 년은 당연히 더 살 것이 라고 내심 확신할 수 있겠으나, 고려 땅에서는 그렇지 않았다. 그리고 정민은 그것을 막을 의학적 기술 같은 것을 지금 개발할 수도 없고, 그럴 능력도 되지 않았 다. 그저 정서가 별 탈 없이 천수를 누릴 수 있기를 바 랄 뿐이었다.

벽란도.

정민은 자신의 상단 소유의 건물에서 젊은 여자를
거칠게 몰아붙이고 있었다. 아름다운 여인은 헐떡거리
며 신음 소리를 내다 이내 허리를 활처럼 휘더니 뜨거
운 한숨을 토해내고는 몸의 기운을 쭉 뺐다. 정민은
그녀의 가슴을 거칠게 쥐었다가 풀고서는 그녀에게서
떨어져 나왔다.

"수고했다."

"……고작 그게 다예요?"

여자는 여전히 몽롱한 어조로 되물어왔다.

"그럼 어떤 것을 바라나?"

"됐어요."

여자는 토라진 듯 허리를 돌려 누웠다. 그러나 정민
은 그녀의 감정까지 따뜻하게 돌봐줄 여력이 없었다.
그리고 안타깝지만 그녀에게는 그렇게 해줄 수도 없었
다. 그것은 그와 지금 몸을 섞은 그녀와의 미묘한 관
계 때문이었다. 정민은 그녀의 이름을 나직이 불렀다.

"유린."

"……"

"지금으로서는 네가 내 사람이라는 확신이 없다. 무

슨 말인지 잘 알 거야."

"제 모든 것을 당신께 드렸어도요?"

"출발부터 매듭이 잘못 매이지 않았나."

정민은 연유린이 자신의 목숨을 가지고 협박한 것을 잊지 않았다. 그리고 그녀가 생각보다 위험하지 않은 존재라는 것은 알았지만, 아직 확실하게 믿음을 주고 있지는 않았다. 그녀는 그에게로 몸을 돌리고서는 그의 시선이 멈추는 곳에 서서 나신을 활짝 드러냈다.

"몸으로 다시 확인해 주세요."

"아니."

그러나 정민은 거절했다. 그녀와 몸을 섞게 된 것은 특별한 계기가 있어서는 아니었다. 금나라에서 돌아오는 길에 개경까지 끌고 와 다르발지에게 맡겨두었던 연유린을 앞으로 금나라에서 전개할 무역을 위한 조사 명목으로 정보를 모아오도록 했다. 그때는 혹여 그녀가 돌아오지 않더라도 어쩔 수 없는 일이라 생각하고 사실상 풀어주겠다고 마음을 먹었기 때문에 가능한 일이었다.

다르발지가 심문해도 별다르게 자신을 해하려는 세

력과 닿아 있다는 증거가 나오지 않았기 때문에 그저
욕본 셈 치고 자유를 준 것이었다. 그러나 연유린은
무슨 생각에서인지 금나라로 보내려고 부른 자리에서
적극적으로 자신을 거두어 달라고 어필을 해왔다.

'그때 무언가 내게 기대하는 것이 있긴 했지만, 그
건 여자로서 남자인 나에게 기대하는 종류의 것은 아
니었다.'

정민은 그때 그녀에게 어떠한 종류의 믿음도 주지
않았고, 그것이 연유린의 무언가를 불안하게 하거나
혹은 자극한 것은 분명했다. 그녀는 그 자리에서 옷의
고름을 풀고 정민의 바로 앞에서 알몸을 드러냈다.

"믿을 수 없다면, 제 몸으로라도 증명해 드릴까요?"

"이미 내가 믿고 말고는 중요하지 않지 않나? 만약
내 신임을 얻고 싶다면 가서 내가 맡긴 일을 잘해오면
될 일이고, 아니라도 너는 다시 고국으로 돌아가게 되
는 셈이니 별 상관없지 않나?"

"금나라는 제 고국이 아니에요."

연유린은 날카롭게 날을 세웠다. 한때 중원에서도

명성이 자자하던 예기(藝妓)인 이사사의 딸답게 그 미모 하나는 대단하긴 했다. 그런 그녀가 옷을 벗어 던진 채로 날카롭게 하는 말에 정민은 조금 이상한 기분이 들었다.

"대가 없이 저를 취하세요. 믿음을 주는 데 시간이 걸린다는 정도는 알아요. 지금은 저 자신을 통해서 확인시켜 드릴 수밖에 없어요."

"쓸데없는 소리 하지 말고 물러가."

정민은 결국 그때에는 그녀를 내치는 데에 성공했다. 그리고 그녀가 금나라로 떠난 뒤에는 아마도 다시 볼일이 없을 것이라고 생각했다. 그러나 그가 개경에 올라와 있는 지금 벽란도에 그녀가 다시 도착해서 보고를 하겠다고 전갈이 날아왔고, 반신반의하면서도 벽란도로 그녀를 보기 위해 왔다가 사달이 난 것이었다.

정민은 그녀가 금나라의 여러 로(路, 금의 행정단위)들을 꼼꼼하게 돌아다니면서 교통과 물산, 그리고 상업적인 현황들을 정리해 놓은 것에 감탄했다. 따로 사람을 붙여주지도 않고, 은자나 얼마 쥐어 주고서 보낸 것인 데도 불구하고 굳이 다시 돌아와서 속임수가 없이 정직한 정보를 충실하게 보고하니, 그가 보기에 흡족할 수밖에 없었다.

"이제 제 가치를 증명한 셈인가요?"

"충분히 네가 가치가 있다는 사실은 잘 알겠다. 그런데 왜 돌아 온 거지? 분명히 그냥 잠적해 버릴 기회는 차고도 넘쳤을 텐데?"

"처음부터 말씀드렸지만, 저는 정 공을 해할 목적이 아니었어요. 그저 금나라 조정을 꺼꾸러트리는 것이 목적이고, 그 과정에서 정보를 좀 얻으려던 것뿐이에요."

"내가 묻는 말에는 대답을 안 하는군."

"결과적으로 반드시 무너져야 할 완안량을 없애는 데에는 정 공께서 큰 역할을 하셨죠. 반쪽짜리지만 내가 원하는 결과를 얻었어요. 그런 사람이라면 내가 일생을 의탁하여 섬겨도 좋을 거라고 생각했어요."

"불충분한데?"

정민은 여전히 의심스러운 눈길로 그녀를 쳐다보았다. 그러자 그녀는 고개를 저었다.

"금나라 땅에는 이제 일가친척 하나 없고, 의지할 사람도, 여자 몸으로 제 가치를 알아주는 사람도 없어요."

"그냥 적당한 남정네에게 시집을 가서 안정되게 가정을 꾸리고 살아도 되지 않나?"

"그건 내가 바라는 인생이 아니에요."

연유린은 단호하게 고개를 저었다. 처음부터 그랬지만, 그녀는 이상한 알고집이 있었다.

"그래서 나를 네 꿈을 이루는 수단으로 삼겠다?"

"그렇게 생각하고 싶으시면 그렇게 생각하셔도 좋아요."

"나를 이용하겠다는 사람을 받아들여 줘서 내게 무슨 이익이 있지?"

"저는 그냥 누구의 아내나, 아니면 기생으로 살아가고 싶지 않아요. 제게 남자들이나 할 법한 일을 믿고 맡겨주었잖아요? 그런 일을 할 수 있는 것이 제 꿈이에요. 양지로 못 나와도 좋으니, 저를 받아들여 일을 주세요. 사내만 그런 일을 할 수 있는 것이 아니라는 걸 제가 스스로 지금 증명해 보였잖아요."

정민은 연유린이 무슨 생각을 갖고 있는지 조금은 알 수 있을 것 같았다. 그녀는 그저 단순히 세상에 자신의 존재를 증명해 보이고 싶은 것인지도 모르겠다. 어떠한 남자의 아내나 어머니, 혹은 성을 파는 기생으로서가 아니라, 그녀 자신의 그 존재 자체로서 말이다. 물론 그런 마당에도 정민이라는 남자를 필요로 하게 만드는 이 시대라는 한계가 씁쓸하긴 하지만 말이다.

"저를 처나 첩으로 받아달라는 이야기는 하지 않을 거예요. 저는 평생 낭군 없이 살아도 좋지만, 정 저를 믿고 일을 주기 위해서 증좌가 필요하시다면 얼마든지 정 공의 수청을 들겠어요."

"나는 별로 몸을 탐하고 싶은 생각은 없는데."

"제가 좀 더 원한다면요?"

그녀는 도발적이었다. 무슨 이유에서인지 처음에 보았던, 살짝 맹하고 날이 서 있던 모습은 사라지고, 파멸적인 매력이 더해진 채로 바뀌어 돌아온 그녀였다. 금나라에서 그가 시킨 임무를 수행하면서 무언가 마음에 큰 변화가 있었음은 분명해 보였지만, 정민은 여전히 마음에 내키지 않았다.

"그만 돌아가 봐. 앞으로도 중용해 쓸지는 좀 고민을 해보겠어. 벽란도에 거처를 마련해 놓도록 지시하지."

그렇게 끝났어야 할 일이었다. 그러나 연유린은 거기서 멈추지 않고 정민의 발치까지 다가와서 고간을 젖혔다. 정민은 순간 화를 내려다가 그녀의 얼굴을 보고서는 뭐라고 더 말을 하지를 못했다. 단단히 각오한 표정으로 울음이 섞인 표정을 짓고 있는 그녀에게서 매우 많은 결심들을 읽은 것이다. 그 뒤로는 잘 기억이 나지 않았다. 어느 순간 그녀를 거칠게 탐하고 있었던 것이다.

'내가 왜…….'

정민은 조금 후회가 되었지만, 이미 벌어진 일이었다. 그녀는 정말 자신이 말한 이유에서이든지, 아니면 다른 꿍꿍이가 있어서인지는 모르겠으나, 정민의 신임을 얻고 싶어 하는 것은 확실했고, 이번 임무 수행의 결과가 보여주듯이 그녀는 꽤나 성실하고 능력 있는 것 또한 확실했다.

그런 점에서 그녀를 안았다는 것 자체가 정민에게
지금 당장 무슨 문제가 될 일은 아니었다. 더군다나
그녀 자신이 선언했다시피 정민의 처들과 여자로서 경
쟁하겠다는 것도 아니지 않은가. 그러나 과연 이것이
옳은 선택이었는지에 대해서 정민은 조금 회의적이었
다.

"……제가 바라는 것은 그저 여자가 아닌 한 사람으
로서 인정받는 거예요."

"그러기 위해서 자기 몸을 이용하려 하는 건 조금
역설적이지 않나?"

"그야 정 공이 매력적이기도 하니까. 내 몸을 팔아
서 신임을 사겠다는 건 아니에요. 그냥 충분히 믿고
쓸 수 있는 사람이 되었으면 해서죠."

"……."

"지켜봐 주세요. 앞으로 믿고 쓸 수 있는 사람이 더
많이 필요하시겠지요. 그리고 분명히 내당의 마님들과
는 나눌 수 없는 이야기들이 있으실 거예요. 때로는
뒷일에도 쓸 사람이 필요하지 않겠어요?"

맞는 말이었다. 정민은 그 점에 있어서는 연유린이

하는 말을 절감하고 있기는 했다. 밝은 양지뿐만이 아니라 음습한 곳에서도 움직여 줄 사람이 필요하긴 했다. 현대적인 의미에서 정보원은 아니더라도, 첩보의 중요성을 알고 현지에 녹아서 정보를 캐낼 수 있는 사람 말이다.

"일단 기다리고 있으면 내 며칠 내로 다른 일을 주도록 하마. 아마 고려와 금나라에 걸쳐서 소문을 캐고, 일을 조사하고, 사람들을 점점이 뿌려놓는 일이 될 것이다. 언젠가 그 뿌려진 밀알이 알곡이 되어 돌아올 거라 믿는다."

"실망시키지 않겠습니다."

연유린은 여전히 벗은 채로 무릎을 꿇고 수하가 주군에게 하는 예를 취했다. 뭔가 우스꽝스러울 수도 있는데, 정민은 그런 상황에서조차 당당한 기백이 가냘픈 여자로부터 나온다는 것이 새삼 놀라웠다.

'한 번 믿고 써보도록 하지.'

정민은 그렇게 일단 마음을 먹었다. 아직은 확신할 수 없었다. 물론 당연히 정보 관련의 일도 연유린 한 명에게만 맡길 생각은 아니었다. 이미 이쪽으로는 고

려와 여진 사이의 혼혈이자 예전 갈라전 상행에서 동
행했던 아신을 길러내고 있었다. 그는 이미 그대로 왜
어까지 배워서 갈라전이나 왜국에도 자신만의 정보망
을 세우기 시작하고 있었다.

'둘 사이를 서로 은밀히 견제시켜야겠군. 적어도 둘
이 서로의 존재는 모르게 하고 양쪽의 정보를 비교해
보면 일단은 뒤통수 맞을 일은 없겠지.'

정민은 고민 끝에 결정을 확실히 내렸다. 여전히 무
릎을 꿇고 있는 연유린에게 옷을 덮어주고서는 자리에
서 일어났다.

"잘 부탁한다."

"예, 주군."

연유린은 살짝 복잡한 심사가 담긴 눈으로 정민을
쳐다보며 대답했다. 그녀의 목소리에는 결의가 담겨
있었다. 그녀의 심정 깊은 곳을 알 길은 없었으나, 그
녀는 포로의 신분에서 다시 시험 받는 사람, 그리고
방금까지는 여인이어야만 했다. 그리고 지금에서야 자
신이 원하는 주군과 수하의 관계를 정립했다. 그녀는
일단 그것에 만족했다. 그러나 뭔가 그녀의 눈에는 아

쉬움이 남아 있는 것 또한 사실이었다.

❖　　❖　　❖

　"안평공 왕경(王璥)의 여식만 한 이가 없습니다."

　정서는 국혼이 추진 중이라는 이야기를 정민으로부
터 듣자마자 임태후를 은밀히 내방하여 가장 안전한
패를 꺼내 들었다.

　"그 아이가 올해 나이가 어떻게 되는가?"

　"열여섯입니다."

　정서의 말에 임태후는 관심이 동하는 모양이었다.

　"이름은 왕예(王蘂)라⋯⋯."

　"외모가 단정하고 기품이 있으며, 행동거지가 정숙
하고 시서(詩書)에도 고루 재능이 있다고 하니, 그만
한 이가 없지요. 더욱이 왕실의 종친 아닙니까."

　"그게 문제가 아닌가. 사촌지간인데⋯ 너무 가까
워."

　"전례가 없는 것도 아니고, 황실의 권세를 엄한 이
가 누리게 하지 않게 하기 위해서라도 감수해야 할 일

입니다."

정서는 임태후의 걱정에 고개를 저었다. 사촌지간이 무에 대수란 말인가. 애초에 지금 이름이 오르내리고 있는 왕예의 부친인 안평공(安平公) 왕경(王璥)부터 그 처인 흥경공주(興慶公主)가 예종(睿宗)의 딸이자 인종의 누이, 그리고 황제의 고모가 되는 사람이니, 안평공과 황제 사이는 촌수 세기에 따라서 5촌지간인 동시에 고모부가 되기도 하는 셈이었다.

더불어 안평공의 형인 강릉공(江陵公)의 경우, 그 네 딸이 모두 폐주로부터 평량공(平涼公)에 이르기까지 현 황제의 동기간에 두루 시집을 갔으니, 족보가 이미 꼬였다면 꼬여 있는 셈이었다.

이것은 고려 왕실의 권력 누수를 방지하기 위한 전통적인 근친혼의 결과였다. 특히 인주 이씨를 몰아낸 다음에는 한동안 가까운 친척 집안인 안평공과 강릉공의 집안과만 통혼을 하였는데, 그것이 외척에 의해 황실이 뒤흔들리는 것을 막을 길이라고 여겼기 때문이다.

임태후는 머리가 복잡한지 잠시 이마를 짚고서 고민을 하는 듯하더니, 정서에게로 시선을 돌렸다.

"이 늙은이가 결정할 것이 아니라 종래에는 폐하께서 결정하실 일이네."

임태후는 한 발짝 물러섰다. 물론 가급적이면 정씨 집안의 이야기를 들어주고 싶었다. 그러나 황제가 이 국혼을 통해 정치적인 위상을 재고하려 한다는 점을 감안하면, 섣부르게 무어라 단언해 줄 수 없는 노릇이었다. 만약 둘 사이에 결정을 해야 한다면, 임태후는 당연히 황제의 뜻을 존중할 것이다.

"국혼을 추진한다는 이야기가 들리면 동경 김씨 집안에서는 필히 자기네 여식을 들이려고 할 것입니다. 그것은 원치 않으시지 않으십니까?"

"그야 그렇지만……."

임태후의 표정이 미묘하게 복잡해졌다. 물론 김돈중의 힘이 더 늘어나는 것을 바라지 않는 것은 임태후도 매한가지였다. 무슨 악연이 있어서 그런 것이 아니라, 임태후와 김돈중은 정치적으로 딱히 접점이 없는 관계이기 때문이었다. 서로 내어주고 의지할 것이 없는 사람들이 권력의 중심에서 마주치게 되면 결과는 원치 않는 대립밖에 남지 않는다. 내가 빚진 것이 없는데 딱히 상대에게 양보해야 할 이유가 없기 때문이다.

"안평공의 성품이 훌륭하다는 사실은 태후께서도 잘 아시지 않으십니까. 그는 슬하에 대를 이을 남자 자식도 없으니, 대통을 이을 원자를 생산할 황후를 들이기에는 그만큼 마땅한 곳이 없습니다."

정서는 임태후의 마음이 움직이는 것을 포착하고서는 은근히 더욱 밀어붙였다.

안평공은 아직 나이가 쉰 줄에는 들어서지 않았지만, 그간 보여준 행보에 비추어 보건대, 딱히 정치적 욕심이 있다거나 혹은 재물에 대한 탐욕이 있다거나 하지 않았다. 본디 타고난 성품이 조용하고, 학문을 좋아하여 경예(經藝)와 방기(方技)에 해박하고, 서화에도 솜씨가 좋았다고 하니, 그 딸이 가진 재주도 사실 아비를 닮은 셈이었다.

게다가 권력을 쌓아 물려줄 아들도 없다는 점이 더더욱 좋은 점이었다. 안평공 개인으로 놓고 볼 때에 그것이 이득인지 손실인지 단언하기는 어렵지만, 적어도 그의 딸을 새로운 국모의 후보로 놓고 고려하는 입장에서는 그만한 장점도 없는 셈이었다.

"내 그 아이를 아직 보지 못해서 무어라 단언은 못 하겠네만."

"언제 한 번 궁궐을 나가셔서 안평공저에 방문을 해 보시는 것이 어떠하십니까? 만약 그 여식을 먼저 불러 드리면 입대기 좋아하는 자들이 필시 사방에 떠들고 다닐 터이니, 태후 폐하께서 잠시 다녀오시는 것도 좋을 성싶습니다."

"그것도 나쁘지는 않겠군."

임태후가 고개를 끄덕였다. 밖으로 잠행(潛行)하는 것에 크게 거리낌이 없는 태후였다. 예전에도 황제가 대령후의 신분으로 유폐되어 있을 때에도 그 집에 다녀오기도 했던 태후 아닌가.

개경 안에 그 저택이 있고, 황실에서도 멀지 않은 곳인 안평공의 집을 방문하는 것이야 그녀에게는 그리 큰일도 아니었다.

"하지만 결국 결정은 폐하께서 내리시게 될 걸세. 나는 그저 그 아이를 보는 것뿐이야. 알겠는가?"

임태후는 혹여 정서가 자신을 잡고 흔든다고 착각이라도 할까 싶어 완전히 경계를 풀지는 않았다. 그러나 그녀가 하는 말에서 이미 그녀의 마음이 안평공 왕경의 딸 왕예에게로 기울고 있음을 정서는 충분히 읽어낼 수 있었다.

그리고 실제로 왕예를 보게 된다면 임태후로서는 만족스러워하지 않을 수 없을 것이라고 정서는 확신하고 있었다.

솔직한 말로, 집안을 제하고 왕예를 자신의 며느릿감으로 들인다고 생각하면 정서는 그다지 탐탁치는 않았다. 그녀는 말 그대로 아름답고 조신한 여자였으나, 거기까지였다. 어떠한 현실을 살아 나가는, 생기 있는 눈빛과 투기를 찾아볼 수 없었기 때문이다.

그가 아들이 다르발지를 처로 들이는 것에 반대하지 않았던 것도 바로 그녀에게서 그러한 눈빛을 읽었기 때문이다. 난세를 헤쳐 나가는 데는 현숙하기만 한 여자보다는 재기 넘치는 여자가 오히려 필요했다.

정서는 왕예에게서 그러한 것을 보지 못했다. 그러나 바로 그 점이 임태후가 가장 원해 마지않는 조건이라는 점을 정서는 잘 알고 있었다. 태후인 자신의 권위에 거스르지 않고, 황제의 위신을 돋구어주며, 건강한 원자를 생산해 낼 황후감. 그 조건에는 왕예만큼 들어맞는 여식도 없을 것이다.

'더군다나 그 아비가 지금 강하게 그것을 원하고 있으니…….'

안평공 왕경은 알려진 대로 성품이 소탈하고 욕심이 많은 사람은 아니었다. 그러나 그라고 하여 사내로서의 포부가 전연 없는 것은 아니다. 특히 공신들이 대거 제후에 봉해져서 고을 하나씩을 받아서 내려간 것이 그에게는 그저 부럽다 못해 속이 간질거리는 일이었다.

그에게 무슨 용상을 탐내거나 하는 거창한 욕망이 있는 것은 아니었다. 그러나 명목상의 식읍만 주어지는 공(公)의 작위보다는 실제로 봉토를 지닌 백(伯)이 더 낫다고 그는 생각하고 있었다. 딸을 황제에게 시집보낸다면, 그는 오로지 단 하나만을 바랄 생각이었다.

정서가 그를 만나 은근슬쩍 국혼의 이야기를 꺼내자 그 순진한 왕족은 자신의 속마음에서 불타는 생각들을 거침없이 쏟아내고 만 것이었다. 물론 술잔이 꽤 돌기도 했거니와, 정서가 황제의 심복이라는 단단한 믿음

이 있기 때문에 할 수 있는 이야기이기도 했다. 그리
고 자신의 딸이 정서에게는 필히 필요하다는 것을 깨
닫기도 했거니와.

'일이 제대로만 풀려준다면 안평공 그대와 나, 그리
고 폐하께도 두루 좋을 일이 될 것이외다.'

정서는 진실로 그리 생각했다. 물론 세상에 이득을
보는 이가 있다면 손해를 보는 이도 있는 법. 그것은
아마도 김돈중이 될 것이다.

제40장

동래에 이는 포말

개경에서 정월 대보름까지 체재하면서 정민은 해야 할 일들을 다 마무리 짓고 다시 동래로 내려왔다. 봄이 시작되는 모양인지, 겨우내 헐벗고 있던 대지에서 새순이 움터 푸르게 물들어가는 것이 남쪽으로 배를 몰아갈수록 선명해졌다. 찬바람은 시원한 바람으로 바뀌었고, 훈풍에 배는 빠르게 남쪽으로, 남쪽으로 밀려나가서 열흘이 지나기 전에 동래에 도착했다.

동래항은 수년 전과 비교하면 매우 번창해 있었다.

영천(靈川) 하구에는 수년에 걸쳐서 공사가 마무리

된 석조(石造) 제방과 선착장이 위용을 자랑하고 있었고, 그 만곡(彎曲) 안쪽에는 수십 척의 배들이 기항하고 있었다.

정민은 벽란도를 거점 삼아 움직이며 남송으로 가는 배들도 지난해부터 동래를 거점으로 삼도록 옮겨오게 했는데, 때문에 동래는 1차적으로 고려로 들어오는 일본, 송, 금, 그리고 탐라의 산물들이 집결하는 무역 거점으로 발돋움하고 있었다.

"몇 년 사이에 이렇게 달라졌을 줄은!"

동래에 도착했다는 소식에 갑판으로 나온 왕연도 감탄이 절로 나오고 말았다. 그녀는 고려 땅에서 이 이상으로 번화한 항구를 본 적이 없었다. 벽란도라 하더라도 이제 동래의 번창함에는 비길 수 없을 것 같았다.

동래에서 출항을 하는 것은 이제 정민이 속한 상단 뿐만이 아니었다. 금주, 양주, 동경 일대에서 각기 장사를 하고 있던 장사치들이, 더러는 시대의 조류가 바뀌고 있음을 직감한 주변 고을의 향호(鄕戶)들이, 돈을 대 지원하는 객주들이 동래로 모여들었다.

이들은 돈을 각기 출자하여 배를 사들이고, 그 배를

일본이나 송으로 가는 정민의 상단에 상행을 따라가는 대가로 돈을 지불하고 같이 건너가 장사를 해 오는 것이었다. 그런 식으로 돈을 모은 자들이 벌써 여럿 있고, 이들은 동래항 가까운 곳에 대궐 같은 기와집을 짓고 수십 명의 사람들을 고용하여 부리고 있었다.

물론 이들의 부를 모두 모아서 여러 번을 곱해도 정민 한 사람이 축재한 것에 비하면 손색이 있었다.

그러나 정민은 이들이 자신의 상단의 뒤를 따라서 이득을 챙기는 것을 막을 생각은 전혀 없었다. 어차피 정민의 상단이 뚫어놓은 무역로나 정민의 상단의 호위 없이는 자기들끼리 장사하기도 어렵거니와, 이들을 통해서 중간 계층을 양성해 놓지 않으면 결국에는 정민이 일방적으로 돈을 벌고 이것을 투자하는 형태로밖에 발전을 이끌어낼 수 없기 때문이었다.

'앞으로 이러한 이들이 더욱 성장해야 한다.'

정민이 탄 배는 가장 커다란 선착장의 근처에 도달하여 닻을 내렸다. 아직 어마어마한 크기의 범선 따위는 꿈도 꿀 수 없는 상황인지라, 아무리 큰 배라도 일단은 동래의 선착장까지 들어오는 데 무리가 없었다.

강의 하구에서 바로 깊은 바다로 면해 들어가기에 첨
저선이라고 하더라도 배를 선착장에 대기에는 큰 무리
가 없었고, 때문에 항구와 좀 떨어진 바다에 배를 대
고 승선한 사람이나 물건을 쪽배로 실어 날아야 하는
수고는 없었다. 이 점도 정민이 생각하기에는 벽란도
에 비해서 동래가 가지는 이점 가운데 하나였다.

"오셨사옵니까, 주군."

정민의 배가 도착한 것을 알고 가신들 가운데 동래
에 머물러 있던 세 명이 나와서 그를 맞았다. 김유회,
정명해, 그리고 하두강이었다. 오저군은 지금 양산 일
대의 철광 시찰을 나선 터라 자리에 함께하지 못했다
고 했다.

"양주백께 인사드리옵니다. 헌양의 김부라고 하옵나
이다."

가신들 뒤에는 몇몇의 비단옷을 걸친 사족(士族)들
이 서 있는데, 정민이 그들에게 시선을 주니 앞장서
서 한 명의 남자가 앞으로 나와 예를 올렸다. 정민은
그 얼굴을 보고 다시 이름을 들은 뒤에 순간 속으로
놀랐다.

헌양의 김부라면 바로 자신을 통도사의 노비로 바쳤던 바로 그 사람이었다. 십여 년의 세월이 지나가는 동안 젊었던 그 얼굴에는 수염이 무성지고 주름이 지기 시작하였으나 정민이 그를 잊을 리 없었다. 내색 없이 그와 시선을 마주하였으나, 그는 공손한 얼굴로 감히 얼굴을 맞대지 못할 뿐, 정민이 자신이 통도사에 헌납한 노비일 것이라고는 전연 생각하지 못하는 듯 보였다.

"반갑소. 그래, 내게는 무슨 볼일로?"

정민이 김부에게 묻자, 옆에 서 있던 김유회가 거들고 나섰다.

"김부 공을 비롯하여 여기 서 있는 분들께서는 인근 기장, 헌양, 양주, 동평 등지의 향호들로, 최근에 그 토지를 팔고 저희 상단을 비롯해 각기 자기 장사에도 투자하고 있는 분들입니다. 오늘 주군을 뵙고 그간에 못 드린 감사의 말씀을 올리고 싶다고 하여 함께 나오게 되었습니다."

정민은 김유회의 말에 고개를 끄덕였다. 본래 금주에서 상인으로 잔뼈가 굵은 김유회였다. 정민의 상단

에 들어와서 크게 성공한 뒤로 알음알음 그 주변 고을
의 인맥들에게도 투자를 권하고 다닌 모양이었다. 아
무리 정민이 성공하고 동래가 성장하였기로서니, 보수
적인 고려의 향호 집단이 이리 빠르게 편승할 줄은 몰
랐는데, 그 물밑에 김유회의 설득이 있었던 모양이다.

처음에는 미심쩍음이 있었지만 각기 나름의 사정 때
문에 도박을 선택하였던 셈인데, 이제 그 결실이 알알
이 맺히고 있으니 그 얼굴들에서는 고마움과 만족감이
묻어 나오고 있는 것이다. 그것은 김부도 마찬가지였
다.

"그 성명은 익히 들었소이다. 헌양 고을의 무관 집
안이라 하셨던가?"

"그렇사옵니다."

정민은 문득 처음 헌양 고을로 들어섰던 때가 떠올
랐다. 노끈에 묶여서 그 낡아 빠지고 허름한 성루를
지나 먼지가 풀풀 날리는 퇴락한 읍성의 관아에 묶여
있던 것도 떠올랐다. 그렇게 하루를 묶여 있던 다음에
자신을 통도사로 데려가는 일을 한 것이 바로 이 김부
였다.

'이제 와서 나를 왜 노비로 넘겼느니 마니 따지고 들 것도 아니고……'

정민이 통도사 다소의 노비로 고생했던 것을 생각하면 김부에게 뭐라고 면박이라도 주고 싶은 마음이 없잖아 있었지만, 이제 와서 그런 구구절절한 과거를 밝힐 수도 없는 노릇이거니와, 일이 잘 풀리고 보니 딱히 김부의 얼굴을 보아도 악감정이 들지 않았다. 애초에 그가 자신을 학대하고 팔아 넘겼다기보다는 헌양 고을의 향호로서 감무(監務)의 논의하에 정체 모를 유랑민을 절간에 의탁시킨 셈이니, 그로서는 합리적이고 합당한 선택이었을 것이다.

정민은 이들을 저녁 식사에 초청하기로 하고서는 왕연과 함께 동래읍성으로 들어가서 읍성 내부를 둘러보았다. 고을이 확연히 번창하기 시작한 모양이라 읍성 내에는 초가집을 찾아보기 힘들었고, 대개의 집이 거의가 기와를 올렸으며, 관부(官府)로 나아가는 대로 좌우에는 시전이 들어서서 거래가 활발했다.

그 한쪽에는 벽돌로 지어 올린 2층 높이의 양주은행이 서 있었고, 벽돌은 아니지만 상단에서 지어 올린 2층이나 3층 높이의 목조 건물들도 여럿 보였다. 길은 포장되지 않았지만 잘 다져진 흙길로 널찍이 뻗어 있고, 고려 땅에서는 크게 잘 사용되지 않는 수레들도 여럿 다니고 있었다.

"개경보다 확실히 작긴 하지만, 그 부유함은 이곳이 더 낫네요."

"도읍은 화마를 입었으니 그렇게 비교하는 것은 무리가 있지."

"개경은 앞으로도 그러한 모습 그대로겠지만, 동래는 그렇지 않겠지요?"

왕연은 감탄과 놀라움 뒤에 살짝은 경외감이 뒤섞인 채로 정민을 바라보았다. 그녀는 자신의 남편이 일으킨 고을이 성장하는 모습이 두렵기도 하고, 신기하기도 했다. 앞으로 어디까지 번영하게 될 것인지 내심 기대가 되지 않는다면 거짓말일 것이다. 물론 현대에서 살다 온 정민이 보기에는 개경이나 동래나 거기서 거기인 옛 성읍 정도의 모습으로밖에 여겨지지 않았으나, 그 미묘한 차이도 당대의 사람들 눈에는 큰 성취로 여겨질 법했다.

"물론 앞으로 더 나아가야지. 여기가 종점은 당연히 아니야."

정민은 왕연의 마지막 말에 동의했다. 동래는 이 정도에서 머물러서는 절대 안 된다. 이 동래를 동방의 바다에서 영원히 빛나는 진주로 만드는 것이 정민의 궁극적인 목표였다.

❖　　❖　　❖

동래 금정산(金井山) 기슭에는 온정(溫井, 온천)이 있었다.

신라 때로부터 이미 그 명성이 널리 알려져 있던 이곳은 근래 들어 정민의 명에 의해 탕 네 개를 파고 그 둘레를 나무와 돌로 두른 다음 위에 지붕을 올리고, 숙박을 할 수 있도록 열 칸짜리 기와집도 세워두었다. 그리고 그 곁에는 연회를 벌일 수 있는 커다란 누각 하나를 지어놓았다.

정민은 동래에 도착한 날 저녁, 이곳으로 향하여 자신의 가신들과 초청된 여러 향호들과 더불어 간소한 연회를 차렸다.

"동래 땅에 온정이 있다는 이야기는 들었으나, 이리
좋은 곳인 줄은 몰랐습니다."

김부가 감탄을 하며 말했다. 무가의 후손이나 무골
(武骨)이라기보다는 재기 좋은 유자(儒者)에 가까운
그였다. 시류를 읽는 기민함도 있었고. 때문에 개경에
무관으로 출사하려던 것을 접고, 동래의 무역업에 투
자하여 가산도 꽤나 불린 상황이었다.

그렇다고 그가 출사(出仕)할 의욕을 아주 잃은 것은
아니었다. 그는 그저 자신들의 장사를 번창하게 해주
는 정민에 대한 인사치레와 고마움으로 찾아온 다른
향호들과 다르게 적극적으로 자신의 존재를 정민에게
드러내고 있었다. 정민의 가신단에 들어가고 싶은 마
음이 컸던 것이다.

"앞으로 동래읍성에서 이곳까지 다다르는 길을 닦고
수레에 삯을 치르고 오고 갈 수 있게 할 생각이외다."

정민은 김부의 칭찬에 고개를 끄덕이며 맞받아주었
다. 무엇보다도 오늘 밤이면 따뜻한 물에 온욕을 즐겁
게 할 수 있을 것이라 생각하니 만족스럽기 그지없었

다. 삼 년 전쯤, 동래에 온천이 있다는 사실을 기억해 내고 그곳에 휴양하기 좋은 시설을 만들어놓으라고 지나가듯이 김유회에게 지시를 해두었는데, 그가 그것을 잊지 않고 이만큼 잘 꾸며놓았던 것이다.

아직 겨울이 완전히 물러가지 않아 밖에서 연회를 즐기기에는 쌀쌀한 날씨라 온돌 불을 지피고 실내에서 간단한 주안상을 돌리고 있었지만, 이런 날씨면 따뜻한 온천물에 몸을 담그기에는 더할 나위가 없을 것이다.

왕연은 이미 사내들만 남은 자리에서 물러나 호장의 아내들과 더불어서 온천욕을 즐기고 있었다. 정민도 빨리 술자리를 정리하고 온천물에 몸을 담그고 싶은 마음이 굴뚝같았지만, 일단은 앞으로 든든한 자신의 조력자들이 되어줄 이들 향호들과 돈독한 관계를 쌓을 필요가 있었다.

"헌양은 우리 양주와 인접하고 있으나 울주의 속현이고, 감무(監務)가 파견된 고을인데, 김 공이 이리 우리와 가깝게 지내면 헌양에서의 기반이 위태롭지 않소?"

정민은 술 한 배가 돌고 나자 내심 궁금했던 것을 김부에게 물어보았다. 다른 향호들이야 대개 동래 정씨의 봉토 안에서 온 사람들이었으나 김부는 달랐다. 당초 정민은 동래현이 본래 속해 있던 울주를 봉토로 받아갈 생각이었으나, 주요한 대읍(大邑)인 금주와 울주 사이에 땅거스러미[突出地]처럼 양주의 속현인 동평현이 낙동강 하구로 뻗쳐 있는 탓에 골치가 아팠다. 그래서 편법으로 동래현을 울주의 속현에서 양주의 속현으로 이관하고, 양주를 봉토로 받은 것이었다. 그렇게 되다 보니 울주는 이제 속현이 헌양현밖에 남지 않게 되었다.

그런 연유로 엄밀히 말하자면 김부는 사실 정민과 관계없이 울주 땅에서 세거(世居)를 이어 나갈 사람이요, 그 땅에 대해서 책무를 지고 있는 사람인 셈이었다. 울주에 벼슬 살러 온 지방관들의 입장에서는 그 땅의 토착 향호가 주변 제후의 영향하에 놓여 있다면 입이 쓰고도 남을 일이다.

"울주는 머잖아 양주백의 손아귀에 떨어질 것입니다. 그렇지 않습니까?"

김부의 말에 갑자기 분위기가 싸늘해졌다. 그 말이 의미하는 것은 황제가 사여한 봉토 이외의 땅을 언젠가는 정민이 편입시키게 될 것이라는 이야기이니, 말 좋아하는 사람들에게 들어가면 반역이라는 이야기를 듣고도 남을 발언이었다.

　정민은 도대체 이자가 어째서 이런 이야기를 덜컥 하는지 연유를 알 수 없어서 표정을 굳히고 이야기를 더 풀어보라는 신호를 보냈다. 김부는 그냥 꺼낸 이야기가 아닌 모양인지, 자세를 정민을 향해 고쳐 앉고 무릎을 꿇은 다음, 어깨를 꼿꼿이 펴고 입을 열었다.

　"아직 양주백의 보령이 서른이 되지 않으셨으나, 그간의 공덕이 천하를 감읍시킬 정도로 높아 벌써 양주를 그 봉토로 천자로부터 받으신 것이거니와, 그 가문이 대성하여 양주뿐 아니라 이미 금주와 거제 또한 양주백의 명을 듣게 되었습니다. 관자(管子)가 이르기를, 제후지지 천승지국(諸侯之地 千乘之國)이라 하였는데, 근자에 듣자하니 금주와 양주, 거제를 고루 셈하여 그 백성이 물경 십육만에 이른다고 하니, 어찌 수레 천 개를 거느리기 어렵겠습니까? 고려 전토에 이

보다 더 나은 제후가 없으니, 머지않아 주변은 복속하여 올 것입니다. 복속이라 함이 비단 고을을 들어 바쳐 굴종하여 옴을 이야기하는 것이 아니라, 그 고을의 생산과 재화가 모두 인근 제후에게 종속이 되면 저절로 그 눈치를 보게 되지 않을 수 없으니, 설사 수령을 임명하고 세금을 거두는 권한은 천자에게 있는 고을이라 할지라도 그 고을 민심은 제후에게로 향하지 않겠습니까?"

"……지나치군."

정민은 김부가 하는 말에 누구보다 공감했다. 그러나 김부의 입에서 더 이상 그러한 말이 나와서는 아니 되었다.

"감히 이런 말을 아뢰는 것은, 양주백께서 품으신 뜻이 저와 다르지 않다고 생각하기 때문입니다."

정민은 김부를 쏘아보았다. 다행히도 이 자리에 있는 것은 자신의 가신들을 제외하면 자신의 속하에 있는 향호들뿐이었다. 향호들도 못 들은 척하고 있는 것을 보니, 이 말을 공공연히 밖에서 옮길 생각은 없어 보였다. 애초에 정민 아래에서 재물을 벌어들이고, 정민이 제후에 봉해지면서 사실상 정민의 직신(直臣)들이나 다름없는 처지가 된 이들이었다.

고려 황제가 전국에 걸쳐서 향호 계층에게서 땅을 거둬들이고 이들의 힘을 약화시키고 있다는 것은 삼척동자도 아는 사실이었다. 물론 정민도 자신의 봉토 안에서 그렇게 할 계획이었으나, 이곳의 향호들은 최소한 상업에 투자하여 가산을 보존할 기회라도 얻었으니 정민이 죽으라면 죽으라는 시늉을 해야 할 처지였다.

김부가 언급한 《관자》의 승마편(乘馬篇) 지정(地政)에 이런 이야기가 나온다.

地者政之本也 (지자정지본야)
토지라 함은 다스리는 것의 근본이며

朝者義之理也 (조자의지리야)
조정이라고 함은 옳음을 다스리는 것이다

市者貨之準也 (시자화지준야)
저자라는 것은 재화가 유통되는 것의 중심이며

黃金者用之量也 (황금자용지양야)

황금이라는 것은 쓰는 것을 헤아리는 것이다

諸侯之地 天乘之國者 器之制也 (제후지지 천승지국자 기지제야)

제후의 땅은 천승의 수레를 두는 나라라는 것이 그 제도이니라

五者 其理可知也 (오자 기리가지마)

이 다섯 가지는 그 도리를 마땅히 이해할 수 있으며

爲之有道 (위지유도)

이를 펼치는 데에 도리가 있는 것이다

地者 政之本也 (지자 정지본야)

땅이라고 하는 것은 곧 정치의 근본이니

是故地可以正政也 (시고지가이정정야)

이로써 토지로 정치를 바르게 세울 수 있다

地不平均和調 (지불평균화조)
토지가 공평하고 조화롭지 않으면

則政不可正也 (즉정불가정야)
곧 정치가 바를 수 없는 것이니

政不正 則事不可理也 (정부정 즉사불가리야)
정치가 바르지 않으면 곧 모든 일에 다스림을 행할 수 없게
되는 것이다.

정민이 행하는 정치에 대하여 김부가 나름의 전적을
보고 판단을 내린 것이 바로 이 관자에 나오는 구절들
이었다. 정민이 그간 행해온 것은 바로 토지를 다스리
는 일이었다. 토지를 공평하고 조화롭게 하고자 인구
를 조사하고, 지도를 만들고, 그에 따라 세금을 제대
로 매기는 것이 바로 지난해에 그가 공들여서 한 일이
었다.

우선 이렇게 땅이 바로 잡히는 것은, 곧 조정이 다스림을 펼칠 수 있게 해주는 것이며, 이 땅에서 난 산물이 저자에서 유통되며, 그 값의 치름은 황금으로 하는 것이다. 그로 인하여 비로소 제후가 천승지국의 제도를 시행할 수 있게 되니, 결국 그 국력이라는 것도 따지고 보면 땅에서 나오는 것이며, 그 땅에서 나오는 산물을 어떻게 유통시키고 치부할 것이냐는 것이다.

김부가 보기에 정민이 걸어가고 있는 행보는 관자에 나온 가르침과 크게 다르지 않았다. 사실상 조락한 지 오래인 고려의 제도로는 마땅한 다스림을 시행하기 어렵다. 황제도 그것을 알기 때문에 오랜 관습을 뜯어고치고 새로운 정치를 펼치려 하는 것이다. 그러나 김부가 보기에 그것만으로는 부족했다. 정민이 하고 있는 다스림이야말로 앞으로 크게 떨치게 될 치자(治者)의 방법이었다.

"더불어 이르기를, 의인물용 용인무의(疑人勿用 用人無疑)라고 하였으니, 의심스러운 자는 쓰지 말되, 사람을 쓰면 의심하지 말라 하였으니, 부디 이 김부가 의심스럽거든 이 자리에서 베시고, 그렇지 않거든 들어 쓰소서."

김부는 정민이 생각할 틈을 주지 않았다. 오랜 시간 벼르고 있었음이 틀림없었다. 김부가 이렇게 나오니 다른 향호들도 서로 앞 다투어 무릎을 꿇을 수밖에 없었다. 그들은 그럴 생각까지는 아니었으나 여기서 가만히 있게 되면 혹여 앞으로 불이익이 있을까 두려운 마음이 든 것이다.

"신, 칠원(漆原, 現 경상남도 창원)의 윤공익(尹公翼) 또한 양주백을 주군으로 섬겨 견마지로를 다하겠나이다."

"금주의 허응부(許凝部) 또한 주군의 명을 받잡아 치세를 돕겠나이다."

"의안의 구긍(仇亘)도 삼가 앞으로 주군을 섬겨 뜻에 어긋남이 없도록 하겠나이다."

정민은 앞 다투어 엎드리는 호장들을 바라보며 헛헛한 웃음이 나왔다. 그가 김부에게 시선을 돌리자, 그는 여전히 엎드린 채로 미동이 없었다.

이들 향호들이 정치적으로 완전히 복속해 오는 것은 정민에게 중요한 일이었다. 금주의 허응부는 가락국

김수로왕의 후예로, 그 왕비인 허황옥(許黃玉)의 성을 따서 가문을 국초에 연 이래로 금주에 세거하며 영향력을 지니고 있었다. 조정에서 명해 금주를 다스리고 있던 방어사(防禦使)까지 조정으로 물러간 지금, 금주에서 가장 목소리가 높은 이가 바로 이 금주 허씨의 허웅부라 할 수 있었다.

금주의 속현인 칠원과 의안(義安)의 세거 가문인 칠원 윤씨와 의안 구씨도 같이 복속해 온다는 것이 더욱이 자리를 값어치 있게 만들어주고 있음은 두말할 나위가 없는 것이다. 금주의 다섯 속현인 의안(義安, 現 경남 창원시), 함안(咸安, 現 경남 함안군), 칠원(漆原, 現 경남 함안군 칠원면), 웅신(熊神, 現 경남 창원시 진해), 합포(合浦, 現 경남 창원시 마산) 가운데 두 고을의 세가(世家)가 엎드려 온 셈이었다.

웅신과 합포에는 힘이 있는 향호가 없고, 의안과 밀접한 관계를 가지고 있으니, 금주 땅에서는 오로지 함안 조씨만이 아직 입조하여 들어오지 않고 정민과는 데면데면하게 굴고 있을 뿐이었다.

'사실상 김부 덕에 한 번에 충성 서약을 받게 된 셈

이군. 이자가 머리가 돌아가는 자로구나.'

정민은 여전히 미심쩍음이 남아 있었으나, 그 기지만큼은 대단하다고 생각하며 김부를 바라보았다.

"고개들을 드시오. 그대들은 이제 여기에 앉아 있는 다른 내 가신들과 함께 나의 정무를 도와 이 땅을 다스리게 될 것이외다."

정민은 져주는 셈 치고 이들을 한 번에 받아들이기로 했다. 수고로움 없이 정치를 펼칠 수 있다면 그것이 제일가는 방법이었다.

향호들의 충성 맹세를 받은 이튿날, 정민은 날이 밝자 배를 띄워 절영도(現 부산 영도구)로 향했다. 이 섬에는 일찌감치 정민이 마장(馬場)을 크게 펼쳐 놓았고, 이곳에서 고려산 말과 갈라전의 여진 말을 교배시켜 길러내고, 동시에 꾸준히 금나라에서도 말을 사서 풀어놓아 지금은 거의 천 마리에 가까운 말이 이 섬에서 길러지고 있었다.

기존에 절영도에서 살고 있던 사람들은 목장 일을 돕는 자로 남기거나, 혹은 보상을 주고 육지로 내어보내게 하고, 이 섬 전체는 오로지 말을 기르는 것에만 전념하도록 하였으니, 사실상 정민의 개인 목장인 셈이었다.

"그간 말들이 이렇게 불어나 있을 줄은 몰랐소."

정민은 절영도의 목장을 한 번 둘러보고서는 흡족한 얼굴로 말했다. 이 시대의 말이라는 것은 곧 국력이었다. 기병(騎兵)을 위한 전마로 쓰이는 것을 고려하지 않더라도, 밭 가는 일에도 쓰일 수 있으며, 수레를 끄는 일에도 쓰일 수 있었다. 축력(畜力), 즉 짐승의 힘이 주요한 동력자원인 시대이니 말을 이 정도로 길러 낼 수 있다는 것 자체가 득이 되는 일이었다.

정민을 따라 일찌감치 동래로 내려왔던 다르발지는 지난 1년간 이곳에서 자청하여 말을 돌보고 있었다. 여자라고 해서 집 안에만 있어야 한다는 관습적 사고가 없는 정민은 그녀가 갈라전에서의 경험을 살려서 누구보다 잘할 수 있는 일이라고 생각했기에 주저 없이 그녀를 절영도에 보내 마장을 크게 일으킬 수 있도록 해주었다. 정민과 떨어져 있는 동안에도 그녀는 이곳 절영도에서 말을 돌보면서 즐겁게 지낼 수 있었으니, 정민으로서도 안심이 되는 일이었다.

"상공의 혜안이 빛을 발한 것이지요. 이 말들이 그저 사고파는 상품이 아니라, 이제는 상공의 뒤를 받쳐 줄 또 다른 힘이 될 것이에요."

다르발지도 자신이 무언가 정민을 위해서 할 수 있는 일이 생겼다는 것 자체만으로도 진심으로 기뻐하고 있었다. 그녀는 성심을 다해서 이 절영도의 목장을 꾸려 나가고 있었다. 그녀가 갈라전에서 불러온 목동들도 여럿 있고, 고려인으로서 목축 기술을 익히고 있는 자들도 수가 꽤 되었다.

"그대가 잘 신경 써준 덕이지."

정민은 다르발지의 허리춤을 끌어안으며 웃었다. 그는 그녀와 마주 앉으면 늘 즐겁고 기분이 좋았다. 마치 초원의 내음 같은 그녀의 땀 냄새도 싫지 않았다. 바다가 내려다보이는 절영도 목장의 사면에 앉아서 정민은 간만의 여유를 즐기는 것이 내심 좋았다.

"이번에 큰 마님도 오셨다지요?"

다르발지가 조심스럽게 물어오자 정민은 고개를 끄덕였다.

"언제까지고 개경에 둘 수 없으니. 연이도 이제 안주인으로서의 역할을 해야지."

"마땅히 그리하셨어야 하는 일이었는데, 지금에라도 그리하셨으니 잘되었습니다. 소첩도 내일은 동래로 들어가서 인사를 올려야겠어요."

"늘 미안하오."

정민은 다르발지가 알아서 현명하게 처신해 주는 것이 내심 고마웠다. 그녀라고 자기 사내를 다른 여자와 나누는 것이 그리 좋기야 하겠는가. 그러나 시대가 그러한 모양이었고, 다들 그것을 감내해야만 하는 이유가 있었다. 정민도 그저 처첩을 늘려서 좋기만 한 것이 아니었다. 그는 아직도 현대적인 관점에서 사고하는 습관이 남아 있었다.

무엇보다도 그녀들의 마음이 드러내지 않을 뿐, 늘 편치 않다는 것을 잘 헤아리고 있었고, 조그만 실수로 인해서도 집안에 큰 분란이 일어날 수도 있다는 것을 늘 염두에 두고 있었다. 그래서 알아서 서열을 잡아주고 스스로 왕연의 아래임을 인정한 다르발지에게 고마울 수밖에 없는 것이다.

"소첩은 이 말들과 상공만 생각하면 더 바랄 것이 없습니다. 다만……."

다르발지가 무슨 이야기를 꺼내고자 하는지 정민은 잘 알고 있었다. 조인영에 관한 이야기가 아니라면, 아이를 갖고 싶다는 이야기일 것이다. 정민이 동래 땅에 완전히 자리 잡고 가문을 일으키자 자신의 처들도 슬슬 안정된 환경에서 아이를 낳아 기르고 싶다는 생각을 하기 시작했다.

왕연도 그랬고, 다르발지도 예전에 넌지시 그런 뜻을 비친 적이 있었다. 더군다나 다르발지는 이제 서른을 넘긴 나이. 여전히 이십 대 같은 생기와 아름다운 외모를 갖고 있지만, 여자로서 아이를 가질 적절한 연령을 넘기게 될까 늘 노심초사하고 있던 것이다.

"조만간 뜻하는 대로 하지."

정민은 다르발지에게 걱정하지 말라는 듯 고개를 끄덕이며 입술을 막았다. 그녀는 입술을 옴짝거리며 말을 더 하려다 말고 정민을 믿기로 했다. 한 번도 자신의 기대를 저버린 적이 없는 상공이었다.

　3월이 되자 해운대에 면한 와우산(臥牛山) 자락에
짓기 시작한 공부(公府)의 일차적인 축성이 완료되었
다. 이곳은 정민이 살았던 현대에는 해운대 달맞이고
개라는 이름으로 부산의 명소라 알려졌던 곳이다. 이
곳 언덕에 서면 창망한 동해 바다가 널찍이 보이고,
서쪽으로는 드넓은 해운대의 백사장이 펼쳐져 있는 절
경이 그려졌다. 정민은 일찌감치 나중에 자리를 잡게
되면 여기에 거처를 세우리라 마음을 먹고 있었고, 해
운대 일대를 정치적 중심지로 조성하려 계획하고 있었
다.
　영천(現 부산 수영강)을 가운데에 두고, 우측인 해
운대 일원에는 관료 집단 등이 기거할 수 있는 주거지
역을 만들고, 좌측인 동래읍성 일대에는 기존대로 상
업적인 중심지 및 도시민의 주거지역으로 발달시켜 나
갈 생각이었던 것이다.

해운대 와우산에 쌓은 관부는 우선은 토성으로 둘레 치고, 140여 칸의 기와 건물이 그 안에 자리 잡고 있 는 형국이었다. 바다에 면한 쪽에는 절경을 듬뿍 누릴 수 있는 누각이 세워져 해송정(海松停)이라는 이름이 붙여졌고, 해운대가 보이는 사면 쪽에는 정민의 일가 가 기거할 건물과 관리들이 사무를 보기 위한 정청(政 廳) 따위가 세워졌다. 바다와 반대쪽, 육지 쪽으로 난 사면에는 앞으로 병력이 주둔할 터가 닦이고 둔영도 함께 세워지고 있었는데, 정민은 이곳에서 대략 5천 명 규모의 총병 및 기병을 양성하여 수용할 생각이었 다.

토성의 남쪽 사면으로 따로 낸 길은 기존의 동래현 과 양주의 속현인 기장현을 이어주는 길을 재정비하여 돌로 포장하고 수레가 다니기 쉽게 내 고개를 넘어가 도록 하였다.

이 해운포(海雲浦)의 언덕에 세워진 관부(官府)를 칭하여 해운대(海雲臺)라 사람들이 불렀으니, 동래 정 씨가 다스릴 제후국의 국부(國府)가 이제 여기에 세워 진 셈이었다. 우선은 동래의 옛 소국(小國)인 장산국

(萇山國)의 이름을 따서 장산부(萇山府)라 이름하고, 양주, 금주, 거제의 모든 사무를 이곳으로 가져와 처결하게 하였다.

실질상으로 정민은 양주와 금주의 대읍을 폐하고, 그 속현들 또한 직접 이곳에서 행정 명령을 받아 보고를 하도록 조치하여, 이 해운대 장산부에서 동래, 동평, 기장, 양주, 금주, 거제, 의안, 함안, 칠원, 웅신, 합포의 도합 열한 고을을 관장하여 일국을 만들고, 그를 다스리게 된 것이다.

현대의 행정구역으로 치면 부산광역시와 경상남도 양산시, 김해시, 창원시, 거제시와 함안군을 아우르는 지역이었으니, 적지 않은 넓이였다.

물론 지금의 통치 체계는 임시적인 것에 불과하기는 했다.

본래 이 고을들은 각기 중앙에서 지방관이 보내지거나 보내지지 않거나 하는 등에 따른 차등이 있었고, 크게 양주와 금주의 두 대읍에 속해 있었다. 이들을 관할하는 계수관(界首官)은 동경에 주재했는데, 이 상위의 행정구역이 바로 경상진주도였다. 따라서 조정의 명은 경상진주도를 통해 동경의 계수관에게 내려가고, 이것이 다시 양주와 금주, 울주 따위의 군치(郡治)의 지방관에게 하달된 다음, 각 속현의 수령 혹은 향호들에게 지시되는 방식이었다. 밑에서 보고가 올라갈 때에도 그러한 위계를 따라야 했다.

그러나 이제 동래 정씨가 이 지역을 통치하게 되면서 동경 계수관의 통제를 당연히 받지 않게 되었고, 재량껏 다스림을 행할 수 있게 되었다. 그러나 기존의 행정구역을 마음대로 철폐할 수는 없었는데, 왜냐하면 봉토가 사여된 기준이 이 고려의 기존 행정 체계에 따라 내려진 것이기 때문이었다.

엄밀히 말하면 언젠가는 물려받게 될 것이나, 금주(金州)는 정민의 부친인 정서의 봉토요, 거제는 정민의 가신인 정명해의 봉토이므로 이들 지역에 대해 정민이 해운대로 사람을 불러 통치권을 행하는 것에는 절차상 문제가 제기될 수도 있는 것이었다. 그러나 정민은 그러한 것은 중앙에 보내야 할 문서가 있을 때나 각기 따로 처결하여 올리면 될 일이고, 기본적으로는 이 지역에 대한 일원적인 통치가 더 시급하다고 판단했다.

고려의 제후국으로 고을에 따른 봉작을 받았으니 그 고을명이 국호(國號)인 셈이고, 세 고을을 묶어서 내세울 만한 이름이 따로 없거니와, 지금은 그리할 수도 없었다. 때문에 장산부(萇山府)라는 통치기관을 임시로 마련해 두고, 그것을 자기의 치소인 해운대에 둔 것이었다.

공식적인 기관은 아니나 실질적인 이 지역의 정부로서, 이 장산부에는 바로 마흔 남짓한 관리들이 부서를 나누어 배치되었고, 대개는 이미 정민이 수년에 걸쳐서 공들여 양성해 낸 인력들이었다.

이렇게 꼴을 어느 정도 갖추고 다시 휘하 가신들을 모두 불러 모아 6월 1일에 평정(評定)을 열었다.

"그간의 양전(量田, 토지를 헤아리는 일)의 결과를 이르라."

정민이 대전에 마련된 의자에 앉아서 꿇어앉아 있는 가신에게 이르자 김유회가 나아와서 보고를 올렸다.

"전토의 농지에 모두 전결(田結)을 센 결과 2만 9천 결로, 한 해의 소출이 쌀 60만 섬에 해당하나이다. 흉작인 때에는 이 소출이 40만까지 줄어들 수 있고, 이앙법과 시비법을 보다 확대하여 시행하고 풍년까지 든다면 80만에서 90만 섬도 기대하기에 충분하나이다."

토지조사는 정민이 대략적으로 정한 유사 미터법으로 하게 하였으나, 공식적인 보고는 고려의 토지 단위 기준으로 이루어졌다. 그 실질적인 넓이와 상관없이 쌀 20섬을 생산 가능한 땅을 한 결로 쳤으므로 구체적인 수치는 다소 차이가 있었다.

정민의 봉토의 경우, 특히 동래의 경우에는 상업과 공업이 상당히 성장하여 여기서 생산되는 이익이 상당하였으나, 당대의 다른 나라나 지역과 마찬가지로 농업 생산이 그 땅에서 나는 이익의 총합과 거의 같다고 간주했을 경우에 대략 3만 결의 농토가 있다는 것은 곧 매년 은병 3만 근만큼의 쌀을 생산해 낸다는 이야기요, 불문곡직하고 쌀값 기준으로만 현대의 물가로 환산한다면 연간 2,000억 원에 해당하는 돈이었다.

그러나 이것은 고작 2015년 기준의 GDP로 견주어볼 경우, 태평양의 섬나라 팔라우(Palau) 하나의 경제 규모와 비슷한 것으로, 그 자체가 어마어마한 돈은 아니었다.

그러나 중요한 것은 지금이 12세기라는 점이었다.

농업 생산량이 전시대에 비해서 많이 개선되었으나, 화학 비료 같은 것은 기대할 수도 없고, 종자 개량도 충분하지 않은 이 시대에는 낮은 수준의 농작을 거의 천기(天氣)에 기대어서 하는 수밖에 없었다.

더불어 특히 고려의 경우에는 상업과 공업이 농업의 부수적인 수준으로밖에 발달하지 못하였고, 그것 자체로 새로운 가치를 창출해 내는 것이 쉽지 않았다. 그러한 기준에서 정민이 통치하는 지역에 대해서는 더 셈해줄 만한 여력이 있었다.

"그간 상단에서 연간 들고 나는 재부를 작년 기준으로 보고하라."

정민의 명에 따라 이번에는 하두강이 나서서 그 내용을 읊었다. 사실상 동래 일원에서 생산하는 산물들은 정민의 상단이 독점하여 전매(專賣)하는 것이나 다름없으므로, 이 상단에서 남는 이윤으로 그 가치를 역으로 산정해 볼 수 있었다.

"지난 한 해 수입이 도합 은 5만 7천 관이고, 그 가운데 지출한 것이 3만 2천 관이니, 이윤이 2만 5천 관이나이다."

1관이 은병 1근의 가치와 동일하니, 정민의 봉토에서 생산해 내는 쌀의 양과 거의 비등한 가치를 상업 무역만으로 생산해 낸 셈이었다. 이득만을 놓고 계산한다면 정민의 땅에서 상업, 공업, 농업 등으로 생산하고 남기는 것이 연간 은 6만 관에 가까운 셈이고, 여기에는 당연히 중계무역을 통한 이윤도 포함이 되는 셈이다.

이 6만 관을 다시 쌀값으로 환산하고 이것에 대해 현대의 가치로 매기면, 정민의 봉토는 1인당 평균 소득이 200만 원을 약간 상회하는 셈이다. 물론 이것은 다른 물가나 경제구조는 고려하지 않고 오로지 쌀값으로만 매긴 것이므로 그 값어치를 현대와 1대 1로 대응시킬 수는 없겠으나, 고려의 다른 지역과 비교하면 그 생산량이 월등하다고 해도 좋을 수준이었다.

물론 이 1인당 소득이라고 셈해보아야 대개는 농민들에게 직접적으로 돌아가는 것이 아니라 조세(租稅)

를 통해 관부에 거두어들여지고 상업적 이윤은 거의가 정민의 것으로 축재되는 셈이니, 동래 등지 농민의 삶은 고려의 다른 지역보다는 두 배 정도 나을까 말까 한 정도였다.

그러나 그 두 배라는 차이는 무시하기 어려운 것이었다. 고려의 대개 농민들은 최저 생계선에서 목숨만 연명하는 수준에 가까웠고, 세간이나 살림이랄 것도 거의 없으며, 옷 한 벌로 일 년을 나는 일도 부지기수였다. 그러한 수준에서 두 배라고 하는 것은 그래도 자기 소유의 토지 조금과 2칸짜리나마 집을 가질 수 있다는 이야기였고, 쌀을 팔아 조를 사 먹더라도 남는 만큼을 조금씩 재산이나마 모을 수 있다는 것이고, 어지간해서는 굶주리지 않는다는 이야기이기도 했다. 고려 땅에서 이런 일이 가능한 것은 정민이 지금 직접 통치하고 있는 지역 정도에 불과했다.

그것만으로도 선정(善政)이라는 이야기가 나올 정도이니, 이 시대의 일반적인 백성의 삶이란 그만큼 절박한 지경이 아니겠는가.

"토산(土産)은 어떠한가?"

"땅의 토물은 대개 해안에서는 전자리상어, 대구, 청어, 홍어, 전어, 전복, 굴, 홍합, 오해조(烏海藻), 김, 미역, 해삼, 다시마 등이 풍부히 나고, 내륙에서는 석류, 유자, 사기그릇[磁器], 오지그릇[陶器], 죽전(竹箭), 소금 등이 나옵나이다. 근래에는 화약과 철을 넉넉히 생산해 내고, 칠기와 화문석 또한 널리 만들어지고 있사옵나이다. 절영도에서는 말이 크게 번창하니, 이 모두가 토산의 하나가 되었나이다."

어패류야 기존에 어업을 통해 거두어들인 것들이라 그 양이나 종류에 대해서 크게 차이 날 것이 없었다. 그러나 석류와 유자는 정민이 들여와 심은 것이고, 자기(사기그릇)와 도기(오지그릇)는 정민이 수출을 위해 그간 투자해 온 기술이거니와, 특히 화약과 철은 근래에 들어서 집중적으로 생산해 내기 위해 신경을 쓰고 있는 것들이므로 상업적 가치를 지닌 토산물 자체가 크게 증가했다고 보아도 좋았다.

"좋다. 앞으로 상단에서 쓸 자금을 제외하고는 그해 이윤의 절반을 관부에 내도록 하고, 이것을 하두강이 내장고(內藏庫)에서 관리하도록 하라. 조세는 일전에 말한 대로 3할로 유지하여 걷도록 하고, 그 외의 부역은 군역을 제하고는 모두 면한다. 모든 향, 소, 부곡은 폐하도록 하고, 이곳 주민들에게는 양민의 신분을 주어 각기 하는 일에 다시 전념케 하라."

"명을 받들겠나이다."

"거제현남은 제도의 시행에 관하여 보고토록 하라."

거제현남의 작위를 받았으나 정명해는 누구나 다 아는 정민의 가신이었다.

"올해의 조세로 기대되는 것은 3할을 적용하였을 경우에 총 은 8천7백 관이고, 상단의 수입으로부터 국고로 돌려질 것이라 기대되는 것은 은 1만 1천 관이나이다. 도합하여 1만 9천7백 관이 지금까지 보유하고 있는 1만 4천 관에 더하여질 것이니, 내년 정월이면 국고의 총량이 은 3만 3천7백 관이 되나이다."

정명해의 계산에 다들 입이 떡 벌어지고야 말았다. 가신들도 그 엄청난 부에 놀라 덜덜 떨 정도였다. 10년에 걸친 개경 황궁의 중수에 들어갈 돈을 대략 은 2만 관에서 3만 관 정도로 잡고 있었다.

"이를 통하여 올해에는 조폐창(造幣倉)을 만들어

동전과 은화를 주조할 생각이니, 기존의 대은병 1근은 1관으로 잡고, 대략적으로 쌀 스무 섬에 상응하는 가치로 공시될 것이나이다. 그 아래 1냥의 은화에 발행되는 해의 연호를 넣고, 10냥을 1관에 상당하게 할 것이니, 이 한 냥은 대략 쌀 두 섬에 해당하게 되나이다. 이 아래에 동전을 1전으로 하여 100전을 1냥에 갈음하게 할 것이니, 동전 1,000전이면 1관이요, 동전 50전이면 쌀 한 섬의 가치에 상량하게 될 것이나이다. 그에 소모되는 비용이 도합 은 1만 관은 될 것이니, 은을 녹여 화폐를 만들고, 세금을 동전과 은전으로 은행을 통하여 내게 하기 위해서 지출이 늘어날 수밖에 없나이다."

"옳다. 계속하라."

사실상의 내용은 정민이 이미 지시한 것이고, 세부적인 시행에 대해서는 새롭게 충당한 관리들이 머리를 굴렸을 것이나, 정명해가 이 정도로 정리하여 이해하고 있는 것만으로도 정민은 꽤나 만족스러웠다.

"내년에 육로로 이어지지 않는 거제현을 제외한 각 고을의 치소(治所)를 잇는 도로를 닦고 일부는 포석

(鋪石)으로 포장하는 일에 들어갈 돈이 다시 은 6천 관이요, 각 고을의 치소마다 역시 학당을 짓는 일에 또다시 은 4천5백 관이 들어갈 것이니, 도합하여 총 2만 2천5백 관의 지출이 예정되어 있으며, 총포를 생산하고 내년에 1천 명을 징병하여 무장시킬 비용이 다시 은 5천 관이니, 내년에 필요한 지출이 2만 5천5백 관인 줄 아뢰옵나이다."

"국고에 있는 3만 3천 가운데 다시 2만 5천5백 관이 지출이라……."

정민은 턱밑에 난 수염을 쓰다듬으며 중얼거렸다. 하지만 어쩔 수 없는 지출이었다. 투자 없이 무언가 실익을 얻어낼 방법이 없지 않은가. 다만, 화폐를 주조하는 데 드는 돈은 다시 쌀로 회수가 가능한 것이니, 엄밀히 말해서는 손실이라 보기 힘들었다. 그렇다기보다는 이듬해부터도 매년 정기적으로 화폐를 일정량 생산해 내야 하니 고정 지출이라고 보아야 했고, 은으로 발행한 화폐가 현물로 교환되어 국고에 들어오게 되는 셈이었다. 이 현물은 다시 시장에 팔아 은으로 거두어 들일 수 있으니 어떻게 보아도 지출이라고 할 수는 없었다.

"학당에 관하여 더 말하여보거라."

"학당은 11개의 고을에 각기 설치될 것이고, 총 3년 동안 국문(國文)과 진서(眞書, 한문), 그리고 기초적인 산술을 가르치게 될 것이나이다. 나이가 여덟에서 스물여덟 사이의 남자와 여자를 막론하고 나와서 배움을 받게 할 것이며, 학업을 하는 동안은 병역을 미루어주고, 집에서 한 명의 아이를 학교를 보내면 그 해에 내야 할 3할의 세 가운데에서 1할을 제하여 주기로 하였나이다. 모든 학령에 해당하는 이가 학당에 나가는 가호에 관하여는 세를 전부 면해줄 것이나이다. 올해가 가기 전에 각 고을 치소에 각기 10칸에서 22칸 사이의 학당이 지어질 것이고, 내년 정월부터 각기 개교하여 훈도(訓導)를 보내 가르치게 될 것이나이다."

"훈도의 양성은 잘되어가고 있는가?"

"도합 64명의 훈도가 길게는 재작년부터 구장산술을 비롯하여 국문과 한문에 대한 교육을 받고 있나이다. 이들 중 일부는 시습당 출신이고, 이들을 가르치는 것 역시 시습당의 교원들이나이다."

"좋다. 가르침을 베푸는 것 또한 치자의 근본이다. 특히 이 일에 관하여서는 차질이 없도록 유념하여 시행토록 하라."

일종의 의무교육의 시행을 지금 정민은 추진하고 있는 셈이었는데, 세금을 면해준다고 하더라도 절반 이상은 아이들이나 본인이나 학교에 나가지 않을 것이라고 생각했다. 그만큼 일반 양민들은 자녀를 교육시킨다는 것에 대해서 어떠한 가치를 두지 않았고, 그만큼 실질적으로 교육을 시키느니 농사일에 한 명이라도 더 거들게 하는 것이 현명한 조치였기 때문이다.

배워봐야 관직에 나가거나 출세를 할 수 있는 것도 아니거니와, 농사일에 더욱 능해지는 것도 아니었으므로 그야말로 쓸데없는 일이라 취급되고도 남을 것이다. 그럼에도 불구하고 3년이라도 의무적으로 교육을 시행하고자 함은, 그로 인하여 기대되는 인적자원의 질적 향상 때문이었다.

식자율이 채 1%도 되지 않을 것 같은 이 시대에 한자까진 아니더라도 정민이 적극적으로 보급하고 있는 한글로라도 글을 읽고 쓸 수 있는 사람이 30%만 넘어간다면 그야말로 인력의 질이 달라지고 행정력의 투사도 더욱 건실해질 수 있었다. 새로운 농법에 대해서 농서를 각 마을마다 내려보내 시행하게 하더라도, 마을의 30%가 그것을 읽고 이해할 수 있다면 그 보급이 훨씬 수월해질 것은 자명한 일이었다.

"동래의 시습당은 앞으로 중학(中學)으로 이름하고 3년의 교육을 받은 자에 국한하여 진학하도록 하고, 이 시습당의 연한은 상단에 들어갈 자에 대하여는 앞으로 4년으로 연장하고, 관직에 나아가고자 하는 자에게는 6년을 가르치게 할 것이다. 그동안 상단에서 일할 자는 기본적인 부기(簿記)와 왜어, 여진어, 한어 가운데 하나를 필수적으로 익히도록 하라. 관직에 나갈 자에 대하여는 거기에 2년을 더하여 고전을 숙달하게 하고, 치국책(治國策)을 논할 수 있을 정도로 가르침을 받도록 하라. 더불어 각 고을마다 설치되는 학교는 향교(鄕校)로 이름하도록 하라."

"명을 받잡겠나이다."

고등교육을 시행하는 것은 이 시점에서는 무리가 많

았다. 기본적인 초등교육에 더하여 중등 교육 수준만큼만 가르치더라도 이 시대로서는 아주 큰 인력이 될 터였다. 3년간의 향교 교육을 마치고 나면 제각기 공부를 더 할 이들은 동래로 나와서 중학에 들어가 상인이 될 교육을 받든지, 아니면 관료가 될 공부를 하라는 이야기였다.

"기존의 제도는 점진적으로 병행하여 관료와 훈도, 상단에서 일할 자의 수급에 차질이 없도록 할 것이다."

정민은 혹여 모를 인력의 충당에 있어 빚어질 혼란을 고려하여 기존의 제도도 병치시키도록 하였다. 매년 새로운 사람이 들어와서 필요한 자리를 감당해 주어야만 했다. 초창기에는 다소간 그 질이 떨어져도 어쩔 수 없었다. 모든 일에는 시간이 걸리는 법이었다.

정민은 다시 상업에 있어서 판로를 넓히고 투자를 해야 할 시점이 왔다고 판단이 되어 하두강을 장산부의 일에서 면해주고 다시 상단으로 돌려보내 금나라의 각장에서 무역의 초석을 닦도록 지시를 하였다.

하두강은 명을 받들어서 열 척의 선단을 이끌고 먼저 화주를 거쳐 그곳 문극겸의 봉토에 상단을 설치하고, 다시 압록강 유역의 부구가샤까지 올라가 그곳에 각장을 열 것을 금 황제의 칙명을 받았다는 증명과 함께 협상하였다. 기존에 정민과 허가 없는 무역을 늘 해왔던 곳이니 그것을 공식적으로 끌어낸다는 점 외에는 큰 차이가 없었다.

가을이 지나갈 무렵, 하두강은 다시 남하하여 화주에서 바로 동남방으로 항로를 돌려 우릉도를 거쳐 왔다. 그는 그곳에 둔소(屯所)를 세우고 나루터를 다진 다음에 사람 열 명을 내려놓고 그곳에서 반년간 머물도록 조치했다. 봄이 다시 오면 새롭게 사람을 보내 교대시킬 작정이었다.

굳이 이렇게 우릉도를 기점으로 하여 돌아가는 항로를 다져 놓는 것은, 그간 중간 기착지로 쓰던 명주가 김돈중의 봉지가 되었기에 그곳에는 어떤 상업적 이득을 주지 않기 위해서였다.

우릉도에서 다시 서남방으로 남하하여 바로 울주 근방에서 동래로 들어간 하두강은 중간 보고를 정민에게 한 다음에 다시 서북방으로 올라갔다. 그러고는 벽란도를 거쳐 박주로 가서 이미 김정명의 봉지에 머무르며 압록강 연안의 각장 설치에 전념하고 있던 상인들에게 필요한 자금을 내어준 다음에 곧바로 이번 각장 무역의 핵심인 금나라 등주로 향했다.

이미 금 황제의 칙령을 받아 온 터라 등주에서 각장을 여는 것은 어렵지 않았다.

송나라의 시박사 같은 까다로운 감찰 기관도 없었고, 대신에 금 황제가 파견한 관료에게 뇌물을 꽤나 먹이고 나서야 사실상 거리 하나를 거래 장소로 지정받아서 그곳에 상관을 열고 원하는 때면 언제고 입항하거나 출항할 수 있는 권리를 확인 받았다.

그러는 동안 3년에 걸쳐서 완성한 대선(大船)이 동래 앞바다에 드디어 띄워졌다. 이 배는 송나라 사신들이 타고 왔다는 거대한 신주(神舟)에 버금갈 만한 큰 배였다. 커다란 돛대가 각기 네 개씩 올라가고, 그 바닥은 침저형으로 만들어졌으며, 상하로 움직이는 키와

좌우로 움직이는 키가 설치되었으며, 청동 포까지 열 문씩 설치된 그야말로 바다의 성채였다. 이 배를 건조하기 위해 하두강이 송나라에 들어갈 때마다 큰돈을 들여서 선박 기술자를 동래로 몰래 불러와야 했고, 훌륭한 목재를 구하기 위해서 고려 전토를 뒤지기까지 했다. 그럼에도 불구하고 재작년에는 배가 다 지어지는 와중에 하나가 주저앉아 바다에 가라앉기도 하는 사고까지 있었다.

그 외판과 밑바닥은 압록강에서 나는 질 좋은 흑송(黑松)으로 마감하였고, 갑판은 상수리나무, 밑판에는 비자나무를 썼으며, 혹여나 있을 풍랑에도 대비하여 격실 형태의 구조로 내부를 짜서 만들었다.

보통 고려의 큰 무역선에는 70명가량의 선원이 타고, 정민이 그동안 가지고 있던 배 가운데에서 가장 큰 것도 100명 이상의 사람을 싣지 않았는데, 이번에 만들어진 대선의 경우에는 족히 400명까지 선원을 탑승시킬 수 있는 어마어마한 규모였다.

물론 이 정도의 배는 송나라에는 드물지 않았으며, 이러한 배들이 원양으로 뻗어 나가 무역을 하고 있었다. 그러나 배에 포를 탑재한 것은 이번에 건조된 대선이 처음이요, 송나라와 경쟁을 할 배를 드디어 건조해 냈다는 것에 그 큰 의미가 있었다.

정민은 이 배를 향후 송나라를 거쳐 동남아시아의 바다로 내어보낼 계획을 가지고 있었으며, 언젠가는 인도까지도 이르게 할 생각이었다. 이번에 만들어낸 선박 건조의 기술이 앞으로도 유용하게 쓰일 수 있을 것은 자명한 일이었다.

정민은 각각 이 두 배에 「승풍(乘風)」과 「봉래(蓬萊)」라는 이름을 붙였다. 하나는 봉래에서 지어진 배라는 뜻이요, 다른 하나는 바람을 이기고 나아가라는 의미였다. 이 승풍과 봉래는 겨울이 찾아올 무렵에 남방으로 항로를 틀어 일본을 거쳐 송으로 다녀오도록 시범 항해를 보내었고, 이듬해가 되면 정민이 직접 이 두 배 가운데 하나에 올라 일본에 다녀온 다음 유구 일대와 대만까지 답사를 해볼 계획이었다.

그러는 사이 또 하나 좋은 소식이 있었으니, 바로 왕연이 회임을 했다는 것이었다. 그녀는 동래에 내려와서도 줄곧 아이를 바라왔는데, 결국 그 결실이 맺어진 것이었다.

"고맙다. 고마워."

정민은 이제 막 불어 오르기 시작한 그녀의 배에 손을 올리고 뭐라 할 말을 잃은 채로 고맙다는 말만을 반복했다.

자신의 아이가 태어나게 된다는 이야기를 듣자, 그간의 복잡했던 감정이 모두 밖으로 쏟아져 나와 눈물이 되어 흘렀다. 고려 땅에 뿌리를 내리고, 작위를 얻고, 거대한 부를 쌓았지만, 그 모든 것이 언제고 사라질 것 같은 느낌이 있었다. 그러나 이제 자신의 아이가 이 땅에 태어나게 되는 것이다. 그것은 정민에게 마치 이 시대를 살아가고 흔적을 남길 자격을 부여해 준다는 허락과도 같은 느낌이었다. 그는 왕연을 껴안은 채로 한참을 흐느꼈다. 왕연은 정민의 속을 헤아릴 도리가 없었으나, 정민이 그저 자신이 회임한 것을 이리도 기뻐해 준다는 것만으로도 마음이 차고도 넘쳤다.

제41장

국혼(國婚)

1165년, 가흥 4년의 2월.

그사이 개경에서는 정서와 임태후의 물밑 조력으로 안평공의 딸 왕예가 결국에 황후로 간택되어 국혼이 치러지게 되었다.

전광석화처럼 이미 내정을 해놓고 국혼이 있을 것을 발표한 터라 그에 대해서 전혀 듣지 못했던 김돈중 등은 내색은 하지 않으면서도 불편한 마음을 갖게 되었다. 그러나 공공연하게 드러낼 수 없는 일로, 김돈중은 정치적 입지를 확고히 하기 위해서 이를 계기로 무신들과 점차 연대를 강화하면서 접촉면을 늘리기 시작했다.

일국의 황제가 황후를 들이는 일인지라 그해 1월에 조하의례를 위해 입경한 제후들은 2월까지 개경에 발이 묶인 채로 국혼에 참례하기 위하여 도성에 머물러야 했다. 여기에는 예외가 있을 수 없었고, 정민도 마찬가지였다. 왕연과 함께 일찌감치 12월 무렵에 개경에 올라왔고, 왕연은 해산일까지 다시 개경에서 머물기로 했다.

2월 보름.

드디어 국혼의 날짜가 잡히고 황후 책봉의 의례를 위해 대간들이 분주히 움직이기 시작했다. 상사국(尙舍局)에서 대관전(大觀殿)에 황제의 자리를 마련하고, 왕좌 앞의 두 기둥 사이에 남면하여 탁자를 두고, 옥좌의 동쪽에 옥새와 인끈을 놓는 탁자를 둔 다음, 문하시중(門下侍中), 문하시랑(門下侍郎), 중서시랑(中書侍郎)의 자리도 차례로 놓였다.

제신(諸臣)들이 모두 황명을 받기 위해 궁의 뜰에 마련된 자리에 각기 모여 앉았고, 책문을 읽는 관리가 나아오고, 이때에 백관이 모두 도열한 것을 확인한 황제가 직접 대관전으로 나아오게 되는 것이다.

정민은 다른 제후들과 더불어 대관전 안에 마련된 제후들의 배석(拜席) 위에 작위순대로 앉아서 황제가 나아오길 기다렸다. 대관전의 동면(東面)에는 봉토 없는 제후들이 앉았고, 서면(西面)에는 봉토가 있는 제후들이 앉았는데, 도합 마흔일곱 명이었다. 정서와 김돈중을 비롯한 공(公)들은 서면의 가장 앞줄에 앉았는데, 그 둘 사이에도 미묘한 긴장감이 감도는 것을 그 자리에 있는 누구라도 눈치를 챌 정도였다.

"오셨소?"

"오랜만이외다."

둘의 인사는 짧았고, 그 뒤로는 말이 이어지지 않았다. 한때의 동지였으나, 지금 그 둘의 이해관계가 일치하지 않는다는 것은 천하가 다 아는 사실이었다. 김돈중은 특히 봉토의 선정과 자기 사람을 충분히 관직에 심어두지 못했다는 점 때문에 정씨 일가가 부당하게 더 많은 이득을 가져갔다고 여기고 있었다.

정서가 직접적으로 이번 국혼에 개입한 정황은 잡지

못하였지만, 내심 그가 깊숙이 개입했다고 의심하고 있었고, 때문에 그의 딸이 간택될 기회를 놓쳤다는 생각이 김돈중의 마음에 자리 잡고 있었다. 더불어 이전에는 늘 명주에 기항하던 정민의 상선도 이제는 들지 않는다고 하지 않는가. 내심 그로 인한 혜택도 기대하고 있던 김돈중에게는 그조차 마음에 차지 않았다.

이내 근신(近臣)이 조서를 받들어 입장하여 황제가 들어오기 전에 먼저 탁자 위에 올려두고, 책함(冊函)과 인장 및 인끈의 진설도 마쳐졌다. 신료들이 모두 자리에 나아가 바로 섰고, 제후좌에 앉아 있던 문하시중(門下侍中) 김돈중이 앞으로 나아가 그 자리로 옮겨 앉고 나니, 섭시중(攝侍中)이 선인전(宣仁殿) 문밖으로 가서 홀을 잡고 모든 준비가 갖추어졌다고 크게 보고하여 외치는 소리가 들려왔다. 이제 황제가 들어올 때가 된 것이다.

황제가 황포(黃袍)를 갖추어 입고 궐전으로 나아오는 와중에 황제가 나아오는 것을 알리는 명편(鳴鞭)이 울리고, 금위(禁衛)들의 만세 소리에 맞추어 제신들이 모두 두 번 절하여 황제를 맞이했다. 정민도 그에 맞

추어 두 번 배례하고 자리에서 일어나니, 이내 협률랑
이 휘를 들어 주악을 연주하기 시작했다.

황제는 그런 가운데에 옥좌로 나아와 사방을 한차례
훑어보고서는 만족스러운 표정으로 자리에 앉았다.

다시 전의(典儀)가 두 번 절하라고 구령하여 외치
고, 모든 제후와 관료들이 두 번 이어 절하고, 시랑이
조서를 놓는 탁자로 가서 북향하고 엎드렸다가 꿇어앉
았다. 근신이 그에게 조서를 넣은 함을 받들어서 건네
주자 그는 그것을 갖고 아래로 내려가 섰다. 이내 그
자리에서 황명이 내려짐을 고해졌다.

"문무백관과 제후 제신들은 모두 엎드려 칙명을 받
드시오!"

다시 모든 제후와 백관이 황제를 향해 엎드렸다. 시
랑은 칙명을 읽어 내려가기 시작했는데, 그의 목소리
는 전혀 기복이 없었다.

"안평공의 딸 왕예를 황후로 책봉하고자 하니, 경들
은 부절을 가지고 의례를 거행할지라."

다시 두 번 절하라는 구령이 따르고, 신료들이 모두
황제에게 두 번 절을 거행하였다.

시중이 제자리로 돌아가고, 문하시랑(門下侍郎) 김
돈중이 부절을 맡은 사람들을 거느리고 나아가서 부절
의 외피를 벗긴 다음에 궐하(闕下)로 내려가서 이를
책사에게 주고, 책사는 이를 꿇어앉아서 받아 들었다.

그 뒤로도 국례(國禮)에 따라 잡다한 의식이 이어졌
다. 신료들이 각기 앞으로 나아가 맡은 바의 책봉례를
행하고, 마지막으로 섭시중이 홀을 들어 의례가 마쳐
졌음을 고할 때까지 한 시진에 걸쳐서 그 의례가 진행
되었다.

책봉 의례가 끝난 다음에 국혼을 축하하는 연회의
자리가 마련되었는데, 당연하게도 제후와 관료들 모두
이 자리로 나아가야만 했다. 정민도 불편한 조복(朝
服)을 입은 채로 오래 머무는 것이 힘들었지만, 궁중
의 중요한 의례이다 보니 불편을 말할 수는 없는 노릇
이었다.

'아직 2월인데도 어찌 이리 땀이 흐르는지.'

겹겹이 갖춰 입은 조복은 움직이기 불편하거니와,
답답하기까지 했다. 이 연회의 자리에는 황제는 친림
하지 않고, 궁관(宮官)들이 마련한 자리에서 황제의

책을 받든 책사와 부사가 주재하는 축하연이 진행되었다.

이 자리에는 황제가 하사한 술과 차가 나오고 예악이 연주되는 데, 그 분위기는 미묘하게 불편한 것이었다.

자리에 앉은 제후들이 특히 그랬는데, 김돈중 계열과 정서 계열, 그리고 무신들이 섞여 앉은 채로 아무말이 없었다. 그저 술을 홀짝이는 소리만이 조용하게 맴돌 뿐이었다.

권화사(勸花使)가 황제가 내린 술을 가지고 들어와서 두 번 절을 하고, 각 제후들과 백관들에게 술을 돌리는데, 그 순배가 족히 세 번은 돌았다. 그사이에도 그저 냉랭한 분위기만 감돌 뿐, 아무도 말을 꺼내지를 않고 있었다.

작위에 따라 자리가 주어진 것이니만큼, 정민의 곁에는 영암군후(靈巖郡侯) 이공승이 앉아 있었는데, 그 때문에 더욱 불편하기가 짝이 없었다. 정민의 협박 아닌 협박에 의해 이공승은 반정에 앞장선 공신처럼 꾸며졌고, 때문에 사실상 금나라 출병 당시에 동경 요양

부에 줄곧 갇혀 있었으나, 결국에 개경에 도달할 때에는 폐주를 토벌한 개선군의 지휘관이 되어 입경하게 되었다.

그러나 그 와중에 있던 일을 이공승이 다 잊을 리가 없었다. 그는 정민에게 부러 적대적인 행동을 보이지 않았으나, 봉작을 받은 뒤로는 김돈중과 밀접하게 정치적 움직임을 보이고 있었다. 그것은 적어도 동래 정씨와는 앞날을 함께하지 않겠다는 간접적인 정치적 표현이기도 했다.

그런 마당이니 이공승과 무슨 이야기를 나눌 것이 있겠는가.

술자리가 도는 동안에 옆에 앉은 이공승과는 아무 이야기 없이 서로가 불편하게 앉아 있을 따름이었다.

'정치라는 것이 적이 없어지면 또 다른 갈등이 절로 생기고, 그것의 반복이로구나.'

정민은 새삼스럽게 만고불변의 진리를 깨닫고 있었다. 금나라 원정 때는 이공승을 어떻게든 제어해야만 했고, 때문에 어쩔 수 없이 외부의 힘을 빌려서 그가 꼼짝하지 못하도록 묶어놓았었다. 그리고 서경에서 폐주를 칠 때도 마찬가지였다. 그로 하여금 반역에 앞장 서게 하여 목숨을 구명해 주었으나, 그 대가로 이공승 자신의 충절은 꺾이게 만들었다. 그리고 그 결과가 지 금의 불편함이었다. 과거에는 모두 어쩔 수 없는 선택 이었으나, 이공승과 좋게 마무리되는 결과는 생각하기 힘들었다. 그 일들이 풀려 나갔으니 이제는 그 대가로 서 이러한 불편함도 받아들여야만 했다.

"좋은 봄날에 이런 경사가 있으나, 우리 제후들이 과연 여기 앉아 있을 자격이 있는가 싶소."

그렇게 한참의 침묵 가운데 정민을 향해 시선도 두 지 않은 채 이공승이 입을 열었다. 정민은 무슨 이야 기인가 하여 그를 쳐다보았으나, 그는 앞으로 시선을 고정하고 있을 뿐, 아무런 미동이 없었다.

"천하의 흐름이라는 것이 다 운기(運氣)가 있고, 시 절이 있는 법입니다. 어제의 친구도 오늘의 적이요, 오늘의 적도 내일의 친구일 수 있으니, 이 모두가 한 사람의 뜻하는 대로 일이 모두 흘러가지 않기 때문이 지요. 어쩔 수 없는 것은 받아들이고, 악한 일은 서로 피하되, 좋은 일은 권면하고, 이런 축하할 일에는 모두 한마음으로 폐하의 성덕을 기원할 일이나이다."

정민은 뜬구름 잡는 소리를 하는 듯하며 그냥 술에 술 탄 듯 물에 물 탄 듯 그냥 흘려보내라는 핀잔을 주었다. 그러나 이공승은 헛한 웃음을 지으며 대꾸를 해왔다.

"악한 일은 서로 피하고, 좋은 일은 권면해야지요."

그 말에 담긴 의미를 모를 정민은 아니었다. 그러나 그는 더 이상 대꾸하지 않았다. 서경에서 정민이 이공승을 떠밀어 폐주를 속이게 한 것을 두고 하는 말일 것이다. 그러나 그 결과로 자신도 봉토를 받고 후작의 자리를 누리고 있으면서 언제까지 그런 식으로 악업을 짊어지고 살아간다는 포장을 할 수는 없다는 것이 정민의 생각이었다. 그는 이공승에 대해서는 더 이상 관심을 두지 않기로 하고 앞에 둔 술잔을 다시 들이켰다.

그사이 새롭게 책봉된 황후가 따로 내린 꽃과 술이 나아왔고, 궁관이 손님들에게 황후의 분부를 전하고 각기 꽃을 꽂고 술을 마시게 하였다. 정민도 예쁘게 피어오른 봄꽃을 귀에 꽂고서 황후가 내리는 술을 마셨는데, 그 술이 달기 그지없었다.

연회가 진행되는 내내 영선악(迎仙樂)이 연주되고 있었는데, 그 소리도 듣기에 좋았다.

그렇게 연회가 마쳐지고, 다음 날 다시 재신과 추밀이 백관을 거느리고 다시 표문을 받들어 대관전으로 나아갔다.

황제는 이곳에서 평상시와 같이 조하(朝賀)를 받았는데, 다만 다른 점은 황후도 함께 백관의 의례를 받는다는 것이었다. 그때에 이르러서야 제후와 백관들은 처음으로 황후의 용모를 볼 수 있었는데, 감히 얼굴을 치켜들고는 볼 수 없었으나 흘끔 보기에도 황후의 자태가 매우 고와 사람들은 속으로 감탄해 마지않았다.

이번에는 문하시랑 김돈중이 앞으로 나아가 하례문을 올리게 되었다.

"황후께옵서는 일찍이 맑고 온화한 품성을 드러내셨으며, 그 지고하신 덕이 사해에 가득하였나이다. 이에 좋은 달, 좋은 날을 가려서 영광스럽게도 황후의 책봉을 받으시게 되었나니, 이 어찌 큰 경사가 아니겠나이까. 신 문하시랑 명주군공 김돈중 등은 이를 축하하는 마음을 감히 이기지 못하여 삼가 하례의 글을 받들어

올리나이다."

정민은 어쩐지 김돈중이 꽤나 입맛이 쓰지 않을까 하는 생각이 들었다. 목소리에는 변화 없이 그저 담담 함만이 묻어 나오고 있었으나, 그 속은 얼마나 타들어 갈까 싶었다. 사실 누구보다도 자신의 딸을 황후로 만 들고 싶어 하던 사람이 아닌가. 나중에 듣기로는, 국 혼이 공론화되는 줄도 모르고 황제에게 내밀하게 사람 을 보내 자신의 딸을 황후로 들이라 설득까지 하려 했 다는 것이다. 황제는 그런 김돈중의 마음을 아는지 썩 편치 않은 표정으로 그를 내려다보고 있었다.

이내 차례대로 제후들이 나아가서 황제와 황후의 만 수무강을 빌었다. 정민의 차례가 되자 그 또한 앞으로 나아가서 패물과 술을 바쳤다.

"신 양주현백 정민은 머리를 조아려 말씀을 올리나 이다. 황후 폐하께옵서는 후비로서의 곤의(坤儀, 법 도)가 성상과 맞으시어 높은 덕으로 만백성을 도탑게 끌어안으시니, 이 얼마나 복된 일이나이까. 이렇게 좋 은 달과 좋은 날을 가려서 책봉을 받게 되셨으니, 삼 가 천만세 복을 누리시기를 비오며 술과 패물을 바치나이다."

"잘 받겠소이다, 양주백."

그 순간, 황후의 구슬 같은 목소리가 들려왔다. 이제 겨우 십 대 중반이라고 들었는데, 그 단정한 기품이 과연 황후감이라는 생각이 들었다. 정민은 다시 황후와 황제에게 각기 배례하고 자기 자리로 물러섰다.

'이제 다시 새로운 판이 짜이겠구나.'

벌써 궁중에는 황후의 아비인 안평공이 해주공(海州公)에 책봉될 것이라는 이야기가 파다했다. 황제가 직접 황실의 일원이자 자신의 장인에게 개경과 매우 가까운 곳에 봉토를 사여한다는 이야기였다. 황제가 김돈중, 정서도 아닌 무신들과 황족들을 중심으로 새로운 세력을 꾸려 나가기 시작한다는 이야기이기도 했다.

정민은 그것 자체에 대해서는 그리 큰 걱정을 하지 않았다. 그의 관심은 고려 중앙에서 권력을 장악하는 것이 아니라 바다로 뻗어 나가서 백 년을 지탱할 해양 왕조를 건설하는 데에 있었다. 그러기 위해서 정민이 반드시 관철해야 할 것은 단 하나였다. 바로 봉토에 대한 권리뿐이었다. 목표가 하나라면 그것을 일관되게 유지해 나가기 쉽다.

정민은 김돈중과 황제, 그리고 어쩌면 자신의 아비까지 중앙에서 이득을 셈하는 것처럼 자신도 살아가기에는 너무 피곤하다고 생각했다. 정치는 오로지 자신의 명줄을 유지하는 데까지. 정민은 앞으로 그렇게 살아가겠다고 마음을 먹었다.

"이런 젠장맞을!"

황후의 책봉 의례를 마치고 자신의 저택으로 돌아온 명주공 문하시랑 김돈중은 자기 동생 김돈시와 아들 김군수를 불러들여 놓고 한참을 말없이 씨근거리다가 욕지거리를 뱉어냈다. 이런 분기를 평소에 거의 보이지 않는 김돈중인지라 김돈시와 김군수는 내심 당황하여 뭐라 말하지도 못하고 김돈중의 하문이 떨어지기만을 기다렸다.

"분봉(分封)을 할 때에 내 정씨와 금상에게 많이 양보하여 동경도 포기하고 명주로 땅을 받아 들어갔다.

그런데 이제 고작 내게 돌아온 것이 이런 뒤통수이더냐!"

김돈중 입장에서는 억울하고도 남을 일이었다. 그로서는 반정에 대한 공을 충분히 인정받지 못했다는 생각이었다. 적어도 황후 정도는 자기 집안에서 들였어야만 했다. 그러나 무슨 연유에서인지 궁중에서는 조심스레 아무에게도 알리지 않고 이미 황후의 책봉을 끝내고 공포하는 식으로 전달을 했고, 금명간에 황제에게 자신의 딸을 황후로 간택하라 주청할 생각이었던 김돈중은 마른하늘에 날벼락을 맞게 된 셈이었다.

"분명 정씨들이 나섰을 겁니다."

김돈시도 마음에 울화가 나기는 마찬가지였다. 일이 이렇게 풀려서는 안 되는 것이었다. 아직 약관의 나이에 불과한 김군수는 그저 아비와 삼촌이 노한 모습을 지켜보는 것 외에는 거들 것이 없었다. 그는 그저 불편한 표정으로 그들이 하는 말을 듣고 있을 뿐이었다.

"그간 자중을 해왔는데, 이제 와서 퇴물처럼 동해의 벽지로 밀려 날 수는 없다. 이미 조정에서는 구도가 새롭게 짜이기 시작했다. 이제 다시 우리 편이 누군지,

적이 누군지 가려내야 할 때야."

분기가 조금 가라앉았는지 김돈중이 한층 차분해진 말투로 입을 열었다. 그는 지난 한 달여간 생각이 매우 많았다. 만약 황제와 동래 정씨가 끈끈하게 붙어 있다면 김돈중은 그저 외로운 섬 같은 열세를 면하기 어려웠을 것이다. 그러나 다행히도 황제와 동래 정씨의 사이도 예전같이 그렇게 매우 밀착되어 있지 않은 것은 분명했다.

황제가 내심 모든 분봉 제후들을 잠재적 정적으로 여기기 시작했다는 것이 김돈중의 판단이었다. 작위 없는 젊은 무관 이고를 등용하여 치켜올려 주는 동시에, 주변을 그간 정치에서 내몰렸던 황실 사람들로 채우기 시작한다는 점에서 황제가 지향하는 바가 분명하게 드러난다고 김돈중은 생각했다.

적어도 최악의 상황은 아니라는 점이 김돈중에게는 중요했다.

"정중부는 우리의 편이 되어주지 않겠지요?"

"가능하지 않다."

김돈시의 말에 김돈중은 고개를 저었다. 둘 사이에

는 천금으로도 풀 수 없는 악연이 있었다. 애초에 김돈중이 치기로 정중부의 수염을 태우지 않았다면 이 모양까지는 되지 않았을 것인데, 사람을 끌어들인다고 하더라도 정중부는 가능하지가 않게 된 것은 사실 김돈중 자신의 잘못이라 해도 과언은 아니었다. 그러나 김돈중은 이미 물 건너간 것을 되새기면서 어떻게든 해결해 보려는 사람은 아니었다. 그에게는 어떤 것이 할 수 있는 일인지, 아니면 할 수 없는 일인지가 보다 중요했다.

"이의민이라면 충분히 포섭되겠지만 말이다."

"이의민 말씀이십니까? 그런데 그자는 동래 정씨에 의탁한 자가 아닙니까?"

"이도저도 없는 중랑장 신세라면 그렇겠지. 그러나 지금은 창주에 봉함 받은 자작이 아니더냐. 그가 아무 것도 없는 두메산골로 내쳐졌다고 볼멘소리를 하는 것을 어제도 들었다."

무신들 가운데 지금 가장 불만이 많은 것은 이의민이었다. 그는 야심이 지대한 사내였다. 그리고 그 야심 덕에, 그리고 줄을 잘 선 덕에 그간 승승장구하여 왈패에서 제후의 신분까지 올라간 것이었다. 그러나 그는 분봉을 받고 판단을 그르친 덕에 군문에서 자기 자리를 잃었고, 서북의 변방으로 밀려나 빈한한 고을을 자기 식읍 삼아 다스려야 하는 처지가 되고 나니, 그간 불만이 이만저만 쌓인 것이 아니었다.

더군다나 이고 같은 이가 군문에서 승승장구하는 것을 보면서 분통이 더 터지는 것이었다. 고작 자기 밑에서 낮은 무관 벼슬이나 하던 이고가 상장군이라니, 이의민으로서는 받아들이기 어려운 처사였다.

"그자는 본성이 탐욕스럽고 배운 바가 일천하여 오로지 자기 일신의 안녕과 부귀만을 생각하는 자이다. 그 성정을 그간 동래 정씨가 잘 읽고서 패로 이용했으나, 이제는 별 가치가 없어서 북방에 버려지게 된 셈이다. 그게 사실이거나 아니거나 그러한 식으로 생각하게 만든다면, 적어도 이의민에게는 그게 사실이 되겠지. 그렇지 않은가?"

이의민이 머릿속에 떠오르자 김돈중의 생각이 바빠졌다. 군문에서 세력을 많이 잃었다고는 하나, 이의민이나 정중부나 여전히 군문에 미치는 영향이 있었다.

적어도 황제가 병부를 완전히 장악하기 전에 이의민을 통해서 조금 흔들어놓을 정도는 된다는 것이었다.

더군다나 이의민에게는 명분도 있지 않은가. 그는 앞장서서 개경을 흔들어놓고 폐주를 패퇴하게 하는 데에 큰 공을 세운 자였다. 그런데 무슨 큰 공을 세웠는지 알 수 없는 문극겸 같은 자와 같은 작위를 받고, 심지어 고을의 품계도 그보다 낮았다.

"흔들어볼 수는 있겠습니다."

"잘될 것이다. 더욱이 패물까지 쥐어 주면서 우리가 그를 생각하고 있다는 점을 알려준다면, 분명히 우리에게 의탁하려 들 것이다."

김돈중은 확신이 있었다. 사람 보는 눈이 꽤나 정확하다고 자부하는 그였다.

"그 외에는 누가 있겠습니까?"

"제후들 가운데에서는 이공승이 우리 편이다. 그 외에도 여럿 있지. 그러나 그보다 큰 조력이 되어줄 것은 지금 언제 땅을 빼앗기고 주저앉을지 두려워하고 있는 권문세가들이다. 벼슬길도 뚝 끊기고, 봉토도 받지 못한데다가, 쥐고 있는 사병들도 거의 없다 보니 지금은 그저 황제의 명을 기다리기만 하는 처지가 되었지."

"그러나 그들을 직접적으로 거들고 나서면 금상에게 반하는 꼴이 되지 않습니까?"

"굳이 반할 필요가 있나. 그냥 동래 정씨가 황제를 부추겨서 권문세족을 몰락시키려 하고, 종래에는 인주 이씨처럼 세도를 부리려고 한다는 소문이면 충분하지. 그리고 우리는 중립을 지키는 척, 표리부동하게 있으면 될 일이다. 때가 되면 알아서 그들이 세력을 조직할 것이고, 황제도 내란을 감당할 생각이 아니라면 이를 무시할 수가 없을 것이다. 그때에 우리가 그들을 은근슬쩍 지지하면 될 일."

"그리 쉽겠습니까, 아버님?"

그동안 아무 말 없던 김군수의 물음에 김돈중은 못마땅하다는 듯 표정을 굳히며 아들에게 말했다.

"쉽고 어려움의 문제가 아니다. 우리가 목표하는 것이 동래 정씨의 몰락과 조정을 뒤엎어 새로운 황제를 올리는 것이더냐? 우리가 역적도당이 되자는 것이 아니다. 단지 적어도 솥발처럼은 서야 한단 말이다. 커다란 정(鼎)을 두 발로 받쳐 세울 수 있느냐? 솥은 적어도 세 개의 발은 있어야 단단히 서는 법이다."

김돈중은 현실적으로 여러 가지를 계산해 보았다. 그가 목표하는 바를 위해서는 적어도 동래 정씨와 황제가 완전히 이해관계가 다른 세력으로 굳혀져야 했고, 그 사이에 자신의 파벌이 들어가 세 세력이 서로 꼼짝 못하는 형국을 만들어야 했다.

동래 정씨에게 재물과 공신들이 있고, 황제에게 병력과 황족들이 있다면, 자신들은 기존의 기득권들과 무신들의 일부를 포섭하여 균형을 맞출 수 있을 것이다.

"여기서 그냥 변방의 제후로 몰락하여 세가를 잇는 것으로 만족할 수 있겠는가? 아니, 애초에 중앙에서 영향력이 없다면 그 빈한한 영지조차도 영원히 지키기 힘들 것이다. 알겠느냐?"

"네, 아버님."

"백 년 묵은 나무가 어디 뿌리 뽑기가 쉽더냐? 대대로 권세를 누려오던 가문들이 가진 힘이라는 것이 있는 법이다. 이것을 보아라."

김돈중은 아들에게 누군가가 보내온 서찰을 던져 주었다. 김군수가 그것을 펴 들고 보니 함안 조씨라는 네 글자가 앞에 또렷하게 쓰여 있었다. 정서가 받은 봉토인 금주의 속현 함안이었다.

금주와 양주를 막론하고 향호들이 모두 정민의 속하에 들어올 것을 청하고 그의 지배를 공식적으로 받아들인 뒤에도 끝까지 움직이지 않는 한 가문이 있었다. 바로 금주의 속현 가운데에도 가장 내륙의 편벽한 곳에 자리 잡은 함안의 조씨 가문이었다.

함안 조씨는 주변의 향호들과 견주어 봤을 때에도 뿌리가 깊고 뼈대가 있는 가문이었다. 그것은 이 나라 고려가 개국될 때에 그 시조 조정(趙鼎)이 공을 세워 개국병상일등공신 대장군의 자리에까지 오른 사람이었기 때문이다. 그는 전해지는 바에 따르면, 본래 동생 조부(趙釜), 조당(趙唐)과 함께 당나라에서 신라에 귀부하여 온 뒤, 시대의 조류에 편승하여 태조 왕건을 거들어 고창성(古昌城)에서 후백제의 견훤을 대파하는 공을 세웠고, 이후 동경주현 대부분의 항복을 이끌어 낸 대공(大功)이 있었다.

이것은 예컨대 삼중대광(三重大匡)을 지낸 것이 최고의 벼슬인 김해 허씨나 시조가 찬성사(贊成事) 정도의 벼슬에 머무른 의안 구씨 같은 주변 지역 향호 가문들에 비하면 대단한 벼슬이요, 영예가 아닐 수 없는 노릇이었다.

그러한 가문이다 보니 그 콧대가 높지 아니할 수 없었다. 근자에 들어 큰 벼슬을 내지는 못하였으나, 여전히 함안에서는 거의 유일한 성씨를 지닌 가문이요, 함안 일대에 거대한 대토지를 사실상 장원처럼 거느리고 소국의 군주처럼 이미 군림하고 있는 것이 함안 조씨였다.

고려에서는 봉미제도(封彌制度)라 하여 성이 없는 사람은 과거에 응시조차 하지 못하게 하고, 어떠한 벼슬도 살지 못하게 했는데, 이것은 곧 성씨 제도가 귀족 계층의 신분과 혈통의 상징이라는 말과 일맥상통하는 것이었다. 그런데 함안 땅에는 성씨를 가진 가문이

단 하나뿐이니, 그 위세가 얼마나 등등한지는 따로 생각해 보지 않아도 알 만했다.

그렇게 위세를 부리던 함안 조씨였으나 최근에 들어 곤란한 지경에 마주하였으니, 바로 갑작스레 자기들이 세거하던 함안 땅이 금주의 속현이라는 이유로 동래 정씨의 봉지에 딸려 들어가 지배를 받게 된 것이었다.

함안 조씨로서는 그것을 받아들이기도 어려웠지만, 그렇다고 대놓고 갈등을 일으킬 수도 없는 노릇이었다. 봉작을 받았다는 것은 그 땅의 군주가 된다는 말과 동등하다는 것을 조씨 문중으로서도 모를 리 없었다.

더군다나 정씨가 분봉 받은 지 몇 해가 되지도 않은 상황에서 대들고 나선다면 그 봉토를 내린 황제에 대한 반역 행위라는 딱지도 붙게 되는 것이다. 그래서 어지간하면 미적지근하게나마 그 수위를 인정하려 했다. 그런데 정민이 내려오자마자 사람을 보내 고을을 들쑤시고 다니면서 호구와 땅문서를 조사하고 다니니 미치고 팔짝뛸 노릇이었다.

함안의 토지 관계는 복잡하고 제대로 정리된 것이 없었다. 그것은 곧 사실상 그 고을의 땅이 어떤 형태로든 함안 조씨 문중의 소유나 다름없다는 이야기이기도 했다. 그런데 그 토지의 소유 관계를 일일이 밝히고 그 토지의 생산량과 고을의 지세까지 모두 조사해서 가져가면서 대토지를 혁파하고 조세를 일관되게 물린다는 이야기를 하고 있으니, 직접적인 위협으로 느껴졌던 것이다.

다른 바다를 면한 고을의 향호들이 일찌감치 금주나 동래에서 이루어지는 정민의 무역의 값어치를 깨닫고 그곳에 투자하여 혹여 토지에서 손실이 있더라도 호구지책을 마련해 놓은 것과는 상황이 완전히 달랐다.

함안 조씨는 전형적인 내륙의 소고을을 기반 삼아서 그곳에서 생산되는 작물을 최대한 많이 거두어들이고, 중앙에는 그 세금을 적게 바쳐서 그 가운데에 나오는 이익으로 번영을 누려온 향호 집안이었다. 그런 마당에 갑작스럽게 정민의 등장이 달가울 리 없었다.

"이런 말도 안 되는 일이 어찌 있을 수 있는가?"

당대의 가주 조충(趙忠)은 전전긍긍하다가 다른 고을의 향호들이 모두 정민에게 충성을 맹세했다는 이야기까지 듣고 나서는, 결국 고민 끝에 세금은 부과된

대로 보내 바치면서도 토지를 다시 농민들의 소유로
재분배하는 일은 훼방을 놓고 은밀히 김돈중에게 서간
을 보내었던 것이다.

그것은 마땅한 대가를 바칠 터이니, 봉국의 군주라
하여 함부로 그간의 고을에서의 특권을 누려오던 향호
를 핍박하고 충성을 요구할 수 없도록 해달라는 이야
기였다. 그것은 꽤나 김돈중으로서도 구미가 당기는
이야기였다. 이미 일찌감치 김돈중은 자기 봉국의 호
장 세력들을 다 복속시키거나 정리해 놓은 차였다. 더
군다나 황제에게도 건의해 볼 만한 여지가 있는 것이
니, 바로 제후들이 성장할 것을 우려하는 황제의 마음
을 움직여서 적당한 견제라고 믿게 만드는 것이었다.

물론 함안 조씨의 사정이야 김돈중으로서는 주요한
고려 사항이 아니었다. 그러나 이것을 이용하여 정씨
의 봉토에 분란의 씨앗을 남겨놓을 수 있다면 김돈중
으로서는 분히 함안 조씨를 위해서 움직여 줄 수 있는
일이었다.

"흠, 함안이 속한 땅은 금주이고, 금주에 분봉된 것
은 정서 공이니, 그 아들 정민의 명을 받들 이유가 없음을 주장하며 조정에서 마땅한 대책이 나올 때까지 잠시 기다리도록 하라?"

조충은 김돈중으로부터 온 답서를 받아 보고서는 흡족한 기분이 들었다. 김돈중이 제안한 내용은 조충으로서 충분히 받아들일 만한 내용이었다. 정치적 명분은 주장하기 나름이었다. 정서는 봉토를 받은 이래로 한 번도 금주에 내려온 적이 없고, 그 권리를 대행한다는 정민이 동래에 앉아서 이래라저래라 명을 내리고 있는 상황이니, 조충으로서는 이걸 가지고 한 번 딴지를 걸어볼 만했다. 혹여 모를 사태에 대비하여 사병도 은밀히 육성하여 여차하면 적어도 팔백에서 천이백에 이르는 장정들을 동원할 수도 있었다.

"일단은 믿고 가는 것도 괜찮겠지요."

조충의 조카인 조기응(趙氣應)도 삼촌의 의견과 일치했다. 성정이 불같은 그는 갑자기 웃전이라고 내려와서 자신들을 탄압하는 정씨들에 대해서 이를 갈고 있었다. 조충은 그런 조기응의 성미가 불안하기는 했지만, 무슨 일이든 앞장서서 뒤흔들고 해결을 하는 조카가 믿음직스럽기도 했다. 아직 자기 아들이 세 돌밖에 되지 않은 조충으로서는 지금 마치 아들처럼 믿고 일을 맡길 수 있는 조카이기도 했다.

"일단은 그놈의 향교를 지으라고 하는 것도 미적지근하게 터만 닦고 있어라. 건물의 문루가 올라가서는 절대 아니 될 것이야. 감리를 파견한다고 하거든 술을 먹이고 유흥이나 돌리다가 돌려보내고, 토지는 이쪽에서 잘 처결하고 있으니 세금을 낼 때나 제때 바치겠다고 잘 구슬려야 한다. 그렇게 몇 달 버티다 보면 조정에서 다시 중론이 모아질 것이다."

"그냥 그놈들을 잡아다가 족치면 안 됩니까? 심심하면 함안으로 밀고 들어와서 이걸 보여 달라, 저걸 보여 달라 하는 꼴이 마음에 들지가 않습니다."

"지금은 그렇게 대거리를 할 때가 아니다."

조충은 의뭉스럽다면 의뭉스럽지, 함부로 움직이는 성정은 아니었다. 혹여 모를 일을 대비해서 피해 나갈 구멍도 만들어두어야 했다. 모든 것이 직접적으로 동래에 대드는 꼴이 되어서는 아니 되고, 그저 미적지근하게 굴다가 조정에서 명이 떨어졌으니 앞으로 그에 따르겠다는 식으로 되어야만 했다. 그때까지 가산을

지키고 함안 땅에 이상한 풍조가 흘러들지 않게만 한
다면, 적어도 조충이 원하는 바는 지켜낼 수 있을 것
이었다.

"조금만 기다려 보도록 해라. 저렇게 이 잡듯 쑤시
고 다니는 것도 오래가지는 못할 것이다. 우리 가문이
누대에 걸쳐서 일구어온 이 땅을 갑자기 근본 없는 동
래 놈들에게 내어줄 수야 있는가. 그런 생각을 우리만
하는 것도 아닐 것이고, 너는 내가 준 술과 선물을 들
고 이웃 고을의 향호들을 찾아가 혹여나 뜻을 같이할
이들이 있는지 몰래 알아보도록 해라. 칠원이라면 아
마 우리 뜻에 관심을 보일지도 모른다."

"알겠습니다."

칠원은 바로 옆 고을이었다. 칠원의 향호 윤공익을
조충은 누구보다 잘 알고 있었다. 그는 시류에 민감
하고 재물에 탐욕이 있는 자였다. 대세가 동래에 충
성을 바치는 것이라 판단하였으니 그는 일찌감치 정
민에게 엎드렸을 것이다. 그러나 실제로는 그러지 않
아도 된다는 것을 잘 전달한다면, 윤공익은 굳이 손
해를 감수하고 정민에게 뭘 더 들어다 바치지 않으려

할 것이었다.

"네가 잘해야 한다. 윤가 앞에 가거든 공손하게 굴고. 절대로 직접적인 언사로 이 말을 전달해서는 아니되고, 윤가가 다 미루어 짐작할 수 있도록 해야 한다."

"알겠습니다."

조기응은 감정이 앞서는 사람이기는 하지만, 그렇다고 바보는 아니었다. 조충은 그 정도라면 조기응이 충분히 잘해낼 수 있을 것이라 생각했다.

"그랬단 말인가?"

정민은 급히 자신을 뵙기 청한다는 칠원 호장(戶長) 윤공익의 청을 받고 해운대 장산부 편전에 나와서 앉았다. 윤공익은 지난달에 함안의 조충의 질자(姪子)인 조기응이 찾아와 한 말을 모두 고해바쳤다.

함안 조씨가 판단을 그르친 것은 두 가지였다.

첫째로, 윤공익은 그들이 생각하는 만큼 팔랑귀가 아니었다. 엄밀히 말하자면, 윤공익은 이득을 쫓는 사람은 맞았다. 그러나 그는 직접 동래성에 드나들고, 자기 명의로 투자한 조그만 상단에서 나오는 이윤도 무시할 것이 못 되는데다가, 직접 정민이 여는 평정에 참여하여 듣는 이야기만으로도 앞으로의 그가 찾는 꿀단지가 정민에게서만 나올 수 있음을 깨닫고 있던 것이다.

둘째로, 그냥 그간의 함안 조씨와의 정리를 생각하여 넘어가 줄 수 있던 것을 조기응이 쓸데없는 말로 심기를 잔뜩 긁어놓았다. 조기응은 처음에는 삼촌이 이른 대로 아주 조심스럽게 에둘러서 윤공익에게 말하려고 애를 썼다. 그러나 윤공익이 시큰둥한 표정으로 그다지 그가 하는 말에 동의를 하지 않자 문하시랑 김돈중을 운운해가면서 곧 정민에게도 날벼락이 떨어질 것이라 겁박 아닌 겁박을 한 것이었다.

그런 말을 그냥 스쳐 듣고 보낼 윤공익이 아니었다. 그는 생각해 본다는 말로 타일러서 조기응을 돌려보낸 다음, 그가 칠원과 함안의 경계를 넘어가자마자 바로 말을 달려 동래로 내달음한 것이었다.

"무지한 자가 자신들의 주제를 모르고 복속해 오지

않고 있으니, 마땅히 조치를 취하셔야 합니다."

윤공익은 절세의 충신마냥 엎드려서 비장한 목소리로 고해바쳤다. 정민은 이 사람 또한 그날 김부가 동래의 온정에서 벌인 판에 휩쓸려서 처음에 충성을 맹세해 온 사실을 잊지 않고 있었다. 그 충성심이 절대로 진실된 것이라고 생각하지 않지만, 꼭 충성이란 것이 군신 간의 의리로만 맺어지는 것이던가. 돈을 사는 것도 충성은 충성이었다.

그리고 적어도 지금, 윤공익에게 자신 이상으로 많은 것을 베풀어줄 수 있는 사람은 고려 땅에 없었다. 누가 칠원의 조그만 향호 따위를 신경 쓰겠는가. 그런 그가 정민에게 줄을 서서 한 해에만 은병을 족히 2,000관은 벌어들이는 부자가 되었으니, 그 정도라면 그가 칠원 땅의 세율을 8할로 놓고 사람의 씨를 말려가면서 수탈을 해야 얻을까 말까 한 돈이었다.

"그대는 걱정을 마시게. 다만, 여름이 가기 전에 내가 칠원 땅에 군병 5백을 주둔시키고자 하는데, 괜찮겠는가?"

"여부가 있겠습니까. 뜻대로 하시옵소서."

윤공익이야 감지덕지였다. 어차피 시간이 지나고 나면 자신이 조씨의 회유를 그대로 정민에게 가져다 고해바친 것이 함안 조씨의 귀에도 들어가지 않을 리 없었다. 그때 괜히 사병들을 이끌고 칠원으로 넘어와서 난장을 부리면 골치도 그런 골치가 없을 터였다. 그런데 정민이 알아서 군병을 주둔시켜 준다고 하니, 버선바람으로 나서서 환영해야 할 처지였다.

더군다나 정민은 정식 제후가 아닌가. 함안 조씨가 끌고 다니는 왈패들이 엄밀히 말하자면 국법으로 금지된 사병이라면, 정민의 군대는 관군(官軍)이다. 오히려 명분은 이쪽에 있다는 것이 윤공익의 생각이었다.

"그대가 이리도 수고를 하였으니 내가 무엇을 주었으면 좋겠는가?"

"그저 이듬해 송나라로 가는 상단에 소관의 배를 두 척만 더 끼워 넣어주신다면 감읍할 일이나이다."

윤공익은 빼는 법이 없었다. 정민은 피식 웃으면서 그렇게 조치하겠노라고 대답해 주었다. 배 두 척 더 끼워 넣어서 정민이 손해 보는 것은 없었다. 어차피 정민의 상단은 남송 상행에서 큰 거래를 주로 했고,

조그만 거래들은 이렇게 그 상단을 뒤따라가는 조그만 상회들이 담당하는 것이다. 거기에 상행에 따라가는 조건으로 그 상행에서 남긴 이윤의 3할을 다시 정민의 상단에 납부하니, 그들의 숫자가 늘어나서 이득을 보면 보았지, 손해를 볼 일이 없었다.

다만, 그 수를 조정하고 있는 이유는 정치적 통제나 지나치게 빠른 화폐 경제의 성장으로 인한 인플레이션, 그리고 급증하는 규모의 상행으로 인한 송나라 측의 경계 등의 부작용을 고려한 것이었다.

그런 만큼 윤공익에게 배 두 척을 더 하락하는 정도야 일도 아니었다. 어차피 그 배를 짓는 비용도 윤공익 자신이 감당할 것이고 말이다. 대양 항해를 할 정도의 선박을 건조하려면 동래의 선창에서 지어야 했고, 동래 선창은 또 정민의 소유이니 그 또한 정민에게 돈이 남는 일이었다.

'그나저나 진지하게 문제를 고려하긴 해야겠군. 요지는 함안 조씨가 김돈중에게 서찰을 보낸 것 같고, 김돈중은 긍정적인 회신을 주었다는 것인데, 구체적인 내용은 윤공익으로서도 잘 가늠하긴 힘들고, 다만 정

민이 함부로 함안 조씨를 건드리지 못하도록 조치를 취해주겠다는 내용이 아닐까 한다는 것인가.'

그 내용에는 조기응이 윤공익에게 나불댄 말도 있었고, 그것에 기초하여 윤공익이 나름 아귀를 짜 맞춘 것도 있었고, 그 말을 들은 정민이 다시 추론한 내용도 있었다. 그러나 대강의 얼개는 맞아 들어가고 있었다.

'김 문하시랑이 분명히 불만을 가질 것이라고는 생각은 했었다. 일찌감치 명주 땅에 들어가서 동생과 아들로 하여금 지방의 호족들을 일 년이 채 지나지 않아 굴복시키는 것을 보고 우리와 생각이 같다고 여긴 것이 실수였나? 오히려 전격적으로 재빠르게 자기 봉토를 안정시킨 덕에 그것을 패로 쓸 수 있게 된 것이 아닌가?'

정민은 서두르지 않았다. 강제로 기존의 향호 계층을 굴복시키는 것보다는 천천히 돈맛을 보여주며 구슬려서 알아서 충성을 바치게 만들게 하겠다는 것이 당초의 목적이었다. 그리고 그것은 어느 정도 달성되는 것처럼 보였다. 다만, 고려하지 못한 것이 있다면, 함

안 조씨가 이리도 강경하게 뻗댈 줄은 몰랐다는 것이
다.

'대내외적으로 보이는 지도력 문제 때문에라도 함안
조씨를 가만히 내버려 둘 수는 없겠지만, 그러자니 정
치적으로 져야 할 부담이 문제다. 반대로 김부의 말마
따나 시간이 지나면 주변 고을들이 알아서 종속이 될
것인데, 함안도 그냥 내버려 둔다면 결국에는 칠원 같
은 옆 고을과의 격차가 생기는 것을 버틸 수가 없을
것이다. 그러나 그동안에 봉토 안에 말썽꾼을 하나 들
어앉히고 있어야 한다는 것이 문제인데, 어느 쪽도 최
적해는 아니구나.'

정민은 당장 결정을 내릴 일은 아니라고 생각했다.
하지만 김돈중이 그러한 방향으로 움직이려고 한다는
사실은 정서에게 알릴 필요가 있었다. 개경의 부친에
게 보내는 서찰을 쓴 다음, 정민은 일단 함안으로 들
어가는 육로를 끊고 함안에 있던 관리들마저도 다 철
수시킨 다음, 익월이 되자마자 병력의 절반 이상인 5
백을 절영도의 말과 화승총으로 무장시켜서 칠원에 주
둔시켰다. 그러고는 함안으로 들어가는 길을 모두 끊

어버렸다.

　물론 칠원이 아니더라도 함안은 진주(晉州) 방향으로 나가는 길이 열려 있고, 지리적으로 봉쇄가 되었다고는 할 수 없지만, 중요한 것은 함안의 사정이 곤란해지더라도 진주의 판관은 자신의 속현이 아닌 함안에 무슨 정치적 책무를 질 필요가 없다는 것이었다. 정민은 함안을 점차 곤란하게 만들 생각이었다.

제42장
대해(大海)

정서는 정민에게 온 편지를 받고 움직이기 시작했으나, 이번에는 한발 늦었다. 김돈중이 일찌감치 황제를 설득해서 각 제후들에 대하여 기존의 향호들의 권리를 함부로 빼앗지 못하도록 하는 칙령(勅令)을 내리고야만 것이었다. 그러나 정민은 그 정도는 예상했다는 듯이 별로 꿈쩍도 하지 않고, 다만 칠원에 다시 병력 200을 더하여 정명해와 함께 보냈다.

정명해는 칠원에서 함안으로 가는 길을 단단히 틀어쥐고, 함안 북쪽의 낙동강에는 배들까지 띄워서 나루를 건너는 것도 통제를 했다. 남은 것은 함안에서 통하는 것은 진주로 가는 길뿐인데, 함안은 이제 오로지 외부와 그 길을 통해서 소통할 수밖에 없게 된 상황이었다.

그러는 동시에 정민은 그동안 금주와 양주에서 잡아들여 척결한 산적 떼가 된 유랑민들을 함안 안에 풀어버렸다. 그 수가 많지는 않으나 족히 삼사백은 되는 숫자였다. 이런 이들이 함안의 산중에서 출몰하며 진주로 들고나는 상인들과 여행객들을 괴롭히기 시작하니, 함안의 조씨는 슬슬 뭔가 일이 이상하게 돌아가고 있음을 직감했다.

정민은 몇 년이 걸리더라도 함안이 스스로 복속해오길 기다릴 생각이었다. 그동안 함안에는 일체의 지원도 주지 않고, 대신 세금도 받지 않되, 사방의 교통을 막아버려서 스스로 고립무원의 처지가 되게 만드는 것이 정민의 방책이었다. 함안이 스스로 호장의 관인을 가져다 바친다면, 그것은 억지로 핍박하여 권리를 빼앗는 것이 아니라 스스로 자결(自決)하여 정민에게 복속해 오는 것이니, 칙령에서 금하는 것과는 관련이 없게 된다.

'황제도 김돈중에게 선물을 하나 던져 준 셈이지.'

정민은 황제가 그러한 칙령을 내렸다고 해서 그다지 불쾌하게 생각하지는 않았다. 김돈중의 생각은 어떨지 모르지만, 이것은 동래 정씨를 견제하려는 황제의 의중이 담겨 있다기보다는 국혼에 대해서 분명히 심히 불만을 가지고 있을 김돈중을 달래는 처사에 가깝다는 것이 정민의 판단이었다. 아버지 정서의 생각도 크게 다르지 않았다. 개경에서 온 서찰에서는 크게 걱정하지 말라는 내용이 담겨 있었다.

'김영삼이 하나회를 척결할 때에 반발이 심하니 한 말이, 개가 짖어도 기차는 달릴 수밖에 없다. 그렇게 말을 했었지. 함안 정도야 개도 안 되는 것인데, 그런 일에 공력을 기울이고 있을 여유가 없다.'

기차는 아니더라도 대선(大船)을 출항시킬 때가 되었다. 일련의 정무는 가신들에게 잠시 위임하고, 칠원에서 함안을 틀어막는 일의 지휘는 정명해에게 맡긴 다음에, 정민은 벼려왔던 봉래와 승풍의 두 대선을 타고 직접 남양 항해를 지휘하는 일에 나섰다. 혹여 모를 일이니 특별한 사안이 있다면 개경의 정서의 판단에 맡기도록 하고, 그 외의 이미 계획된 일들은 하두강과 김유회 등이 정명해와 상의하여 진행시키도록 명을 내려 두었다.

그 일들이란 대강 고을마다 향교를 짓고, 도로를 닦고, 화폐를 발행하는 일들이었다. 이미 시작되어 돌아가고 있는 일들이니, 가신들은 지장 없이 진행되도록 잘 감독하기만 하면 되는 것이다. 물론 함안은 이 모든 일에 대하여 제외되었다.

봉래와 승풍, 두 배 모두 지난해에 처녀항해를 성공적으로 마친 상황이었다. 배의 내구성과 안전성은 이미 증명된 상황이니, 정민은 안심하고 배에 오를 수 있었다. 처음에는 둘 가운데 하나만 끌고 나갈 생각이었으나, 이내 자신이 이번에 이루려고 하는 외교적 목적을 상기하고 두 배 모두 이끌고, 더불어서 30여 척의 크기가 다양한 선박을 함께 이끌고 나서기로 했다.

정화의 대선단에는 미치지 못하더라도 꽤나 장려한 규모임에는 틀림없었다. 물론 그 일차적 목적은 일본에 대한 외교적 성과를 거두기 위해서였다. 더불어 유

구와 대만 일대를 거쳐서 남송에 들어갔다 나올 생각
인데, 이참에 조인영도 동행을 시켰다. 직접 남송에
들어가서 앞으로의 거취를 판단하게 할 생각이었던 것
이다. 그녀가 남겠다고 하면, 그때는 그녀의 의사를
존중해 내당에 거처를 주고 자신의 처로 받아들일 생
각이었다.

연유린도 배에 동승시켰는데, 이번에 그녀에게 줄
임무는 남송에 입항했을 때에 필요한 정보를 얻어 오
는 것이었다. 특히 오저군이 해야 할 일을 보조하는
것이 중요했다. 이번 항해에 따라나선 가신은 오저군
과 김부, 둘이었는데, 오저군은 송나라에 가서 유리
기술을 다룰 수 있는 사람을 수배하고, 수준 높은 철
기술을 가진 공인을 섭외해야만 했다. 김부는 이 항해
에 스스로 청하여 따라 나섰다. 넓은 세상을 보여주어
서 나쁠 것이 없다고 판단한 정민은 순순히 허락을 하
였다.

'다녀오면 연이가 아이를 해산한 뒤겠구나. 돌아오
는 길에는 동래로 바로 가지 않고 벽란도를 거쳐 개경
에 다녀와야겠다.'

아들이든 딸이든 어째도 좋았다. 다만, 왕연의 해산일에 옆을 지키지 못하게 된 점이 아쉬울 뿐이었다. 그녀에게도 각별히 양해하는 편지를 써 부쳤으나, 왕연도 그가 옆에 없을 것이라는 점이 섭섭하게 느낄 수도 있었다. 그러나 남해 탐사는 지금이 아니면 안 되는 시점이었다. 특히 하시마 탄광을 확보하기 위해서 어떻게든 타이라노 키요모리를 구슬려서 채굴권을 확보해야만 했다. 그 일을 논하기 위해서는 정민이 직접 움직여야만 했다.

"부디 무탈하게 다녀오세요."

출항일에 동래항으로 따라 나온 다르발지가 사뭇 걱정이 된다는 얼굴로 말했다. 동래 앞바다에 떠 있는 저 커다란 배들을 보면 어떠한 풍랑에도 끄떡없을 것 같은 위용이었으나, 남편이 먼바다로 수개월을 떠나 있다는 것 자체가 마음이 편하지는 않은 노릇이었다.

"금나라에서도 살아 돌아왔는데, 바다가 나를 집어삼키기야 하겠소?"

정민은 웃음을 지으며 다르발지에게 말했다. 금나라에서 그간 겪었던 고초를 생각하면 이 정도는 아무것도 아니었다. 정말로 금나라에서는 생사의 위기에 처했다고 느낀 적이 한두 번이 아니었다. 한 번의 그르침만으로도 운이 나쁘면 만리타향에서 백골이 되고도 남았을 것이다.

이번 항해의 목적에는 대규모로 장사를 하는 것도 있었으므로, 승풍과 봉래의 두 큰 배를 비롯하여 모든 배에 거래할 상품이 적재되었다. 고려의 청자는 물론이거니와, 유자청, 화문석, 순철(純鐵), 칠기, 불상과 불전(佛典)을 비롯한 종교 물품, 절영도의 말, 폭죽 따위가 빼곡하게 배에 적재되었다. 특히 일본에서 잘 팔릴 만한 물건들을 주로 담았는데, 이것들을 팔고 일본에서 은과 유황, 목재 따위를 잔뜩 사들여서 송나라에 가서 되팔 수 있었다. 그리고 송에서 산 물건으로 다시 고려에 내다 팔 수 있으니, 이 삼각무역만으로도 큰 이문이 남는 것이다.

송나라 상인들이 일본에도 들어가고 고려에도 들어가지만, 이러한 정도의 규모로 삼각무역을 하는 이는 없었다. 더불어 중요한 것은 정민은 일본과 송뿐만 아니라 금에서도 장사를 시작했다는 점이었다. 여기서 처분하지 못한 물건은 금나라와 교역하면서 이문을 더 늘릴 수 있었다.

"자, 나아가도록 하자."

정민은 배에 오른 다음에 돛을 펼 것을 지시했다. 대선단이 출발하는 만큼 이미 봉래와 승풍의 위용에도 익숙한 동래성민들임에도 모두 하는 일을 내려놓고 구경을 하러 항구로 나온 상황이었다. 배가 출항하자 멀리서 환호성이 울려 치는 소리가 들려왔다.

'앞으로는 이것이 일상이 될 것이다. 이런 배가 수십 척이 드나들어도 환호성 없는 때가 되어야 진정 동래가 동방에 우뚝 선 진주 같은 항구가 되는 것이다.'

정민은 어서 그러한 때가 오기를 바라 마지않았다. 그리고 그를 위해서라면 무엇이든 아낌없이 내어놓을 것이다.

1165년 4월 3일. 그렇게 정민의 대선단이 남해로 항해를 떠났다.

왕조의아침

이틀 만에 대마도를 거쳐서 선단은 사흘째에는 이키에 다다랐다. 그러나 기항은 하지 않고 바로 섬을 우회하여 하카타로 직행하였다. 하카타에서도 오래 머무르지는 않았는데, 이번의 목표는 하카타가 아니라 오와다노 토마리(大輪田泊, 現 일본 효고현 코베시)였다. 오와다노 토마리는 본래 헤이안 시대부터 세토 내해의 수운의 거점 가운데 하나로, 쿄토와 멀지 않은 곳에 자리하고 있었다. 이곳에 인접한 후쿠하라[福原]에 장원을 차린 내대신(內大臣) 타이라노 키요모리는 국제무역을 위한 항구로 이 오와다노 토마리를 지목하여 겐지를 몰아내고 권력을 완전히 틀어쥔 4년여 전부터 대대적인 증축에 들어간 상황이었다.

타이라노 키요모리는 오와다노 토마리를 자신의 핵심적인 이익의 중심지로 만들 생각을 갖고 있었다. 다만, 그를 위해서는 남동풍에 의한 풍랑이 항만 시설을 파괴하는 일이 잦은 이 항구를 어떻게 개량할 것이냐는 것이 문제였다. 그를 위해서는 전례 없는 많은 돈과 노력이 투입되어야 하는데, 항구의 전면에 인공 섬을 만들어서 풍랑이 들지 못하도록 안전한 정박지를 만들겠다는 계획이 포함되어 있었기 때문이다.

거의 은병 1만 근은 족히 드는 대공사였다. 그 돈은 거의가 정민과의 무역으로 타이라노 키요모리의 수중에 들어간 사비로 충당되었는데, 첫 공사는 그해 있은 대풍랑으로 좌초되고 말았다.

그러나 타이라노 키요모리는 좌절하지 않고 계속해서 돈을 들여가며 이 항구를 개축하는 데 골몰하였다. 그 결과, 재작년에는 공사가 재개되었고, 난공사임에도 불구하고 결국에는 올해 초에 이르러서 어느 정도 완성을 할 수 있게 되었던 것이다. 그렇잖아도 앞으로 이 오와다노 토마리를 통하여 상선이 입항해 주었으면 한다는 타이라노 키요모리의 청도 있었기에, 정민은 주저 없이 이번에 자신이 직접 내항하여 타이라노 키요모리와 수년 만에 직접 마주 앉을 생각이었다.

"김유회 없이도 괜찮으시겠습니까?"

세토 내해로 들어와서 항해를 하는 동안 오저군이 정민에게 와서 슬쩍 물었다. 그간 대일 무역은 김유회가 사실상 전담을 하고 있었다. 그러나 동래의 내치를 돌볼 사람이 마땅찮았기에 하두강과 함께 김유회를 남겼는데, 타이라노 키요모리와 돈독한 관계를 맺은 김유회가 없이도 괜찮겠느냐는 물음이었다.

"타이라노 키요모리와는 나도 일전에 한 번 앉아서 상담(商談)을 논한 바가 있다. 걱정을 크게 하지 않아도 좋을 것이야."

더불어서 이미 출항하기 전에 타이라노 키요모리에게 이번에는 직접 자신이 찾을 것이라고 통지를 한 바 있었다. 타이라노 키요모리도 흔쾌히 그리하여 주면 좋겠다고 답신을 해왔으니, 오와다노 토마리에 도착하게 되면 타이라노 키요모리가 자신들을 맞을 준비를 해놓았을 것이라고 확신하고 있었다.

정민에게 있어서도 타이라노 키요모리의 정권은 반드시 동반해야할 존재였고, 타이라노 키요모리 또한 정민 없이는 그 재부를 축적하기 어려웠다. 한 해 일본과 송나라 간 직접 무역의 족히 두세 배에 달하는 물량을 정민이 처리해 주고 있던 탓이다. 때문에 타이라노 키요모리에게 있어서 송일무역(宋日貿易) 이상으로 중요한 것이 여일무역(麗日貿易)이었다.

근래에 이르러서는 일본의 하카타를 비롯한 주요 항

구에서는 송전(宋錢)만큼이나 정민이 동래에서 찍어낸 소위 고려전(高麗錢)이 상당히 유통되고 있었으니, 그만큼 일본 경제, 특히 타이라노 키요모리가 틀어쥔 대외무역에서 정민의 위상은 절대로 무시할 수 없는 것이었다.

물론 정민이 남기는 수익의 삼분의 일에서 절반 가까이가 대일 무역에서 남는 것이니, 정민으로서도 결코 일본을 소홀히 할 수 없었다.

그렇게 세토 내해로 진입해 다시 나흘을 항해하여 종래에는 오와다노 토마리에 다다랐다. 봉래와 승풍은 이전에는 하카타에까지만 다녀왔기에 일본 내륙 깊숙이 이 대선을 이끌고 들어가는 것은 처음이었다. 배가 연안에 나타나자 깜짝 놀란 일본 어민들이 해안으로 몰려나와 멍하게 한참을 보고 있는 것이 갑판에서도 똑똑히 보였다. 이러한 정도의 큰 배를 본 적이 없을 테니 놀라는 것도 당연했다.

정민은 일부러 천천히 배를 움직이면서 오와다노 토마리로 향했다. 멀리 항구를 안전히 지키기 위해 쌓았다는 인공 섬이 보이고, 그 안쪽으로 항구로 들어갈 수 있는 수로가 나 있었다. 정민은 그 사이로 위풍당당하게 봉래와 승풍을 나란히 통과시켰다. 멀리서 배의 입항을 알리는 북소리가 들려오고, 오와다노 토마리의 관료들이 항구로 뛰어 나오는 것이 보였다. 고려의 선박임을 알리는 태극기(太極旗)를 일부로 선수에 걸어서 그들이 배의 정체를 파악할 수 있도록 거들었다.

"고, 고려에서 오시는 것입니까? 김유회 공이 타고 계십니까?"

부두로 나온 일본 관료 하나가 서툰 고려 말로 황급하게 물었다. 그는 커다란 배를 올려다보면서 황망한 표정을 지우지 못했다. 김유회를 대신하여 시습당에서 왜어를 배운 역관 하나가 앞으로 나서서 대답을 대신했다.

"김 공은 이번에는 오지 않으시고, 대신에 우리 주군이신 양주백 정 공께옵서 직접 내항하시었소. 이미 그 내용에 관하여는 타이라노 키요모리 내대신에게 서편으로 전달이 되었을 것이오."

"오신다고 들었습니다. 일본에 오신 것을 환영합니

다. 도노[殿]."

　관료는 정민의 앞에서 깍듯이 허리를 숙이며 말했다. 고려의 관직에 대해서 아는 바는 없었지만, 백(伯)이라는 작위가 있는 귀족에다가 이러한 거대한 배를 이끌고 다닐 정도면 그 위세가 어느 정도일지 오와다노 토마리의 항만 관리는 가늠이 되지 않았다. 그는 황급하게 항구로 그들이 안전하게 들어올 수 있도록 조치하고, 바로 인근의 타이라노 키요모리가 머물고 있는 후쿠하라에 고려선이 도착했음을 알리는 파발을 보내었다.

　당연한 이야기이지만, 고려 선단의 위용에 놀란 것은 항만 관리뿐만이 아니었다. 오와다노 토마리는 이제 막 개축된 항구라 그 거주민이 수천 명에도 이르지 못했지만, 이들이 모두 항만에 나와서 고려선을 보고서는 감탄해 마지않고 있었다.

　생전 보지 못한 크기의 배였다. 대양을 누비는 송나라 배는 이 정도 크기가 그렇게까지 드물지 않았으나, 그러한 배가 일본의 내해까지 들어오는 경우는 없었다. 그러니 일본의 내해에 이 정도 규모의 선단이 움직인 것은 전례가 없는 일이라 해도 과언이 아니었다. 일본의 선박 기술은 내해 운항에는 크게 부족함이 없었으나, 아직 원양항해에는 부족한 감이 없잖아 있었으며, 더군다나 이정도 규모의 배를 건조하는 것은 불가능했다. 이것은 오로지 송나라만이 가능한 조선 기술이었으나 이제는 동래에서도 가능해진 것뿐, 일본에서는 아직 상상하기 어려운 것이었다.

이러한 위용을 부리는 것은 단순히 일본을 압박하기 위한 목적만이 아니었다. 그와 동시에 이러한 상대와 거래를 하고 있다는 것이 타이라노 키요모리의 위신을 높여줄 것이라는 계산도 깔려 있었다.

아니나 다를까, 타이라노 키요모리는 오와다노 토마리로 수행원들을 이끌고 나온 다음, 항구에 정박해 있는 두 개의 대선과 수십 척의 배들을 보고 절로 얼굴에 웃음이 피어올랐다.

"정 공이 나를 위해 크게 은혜를 베풀었구나. 하하."

타이라노 키요모리는 겐지를 몰아내고 상황 고시라카와 천황[後白河天皇]을 견제하며 상대적으로 정치적

열세였던 니죠 천황[二條天皇]을 지지하면서 정치적인 중심지를 쿄토에서 자신이 머물고 있는 후쿠하라로 옮겨올 장기적 계획을 세우고 있었다. 관직은 이제 내대신(內大臣)에 이르러 최고 관직인 태정대신에는 이르지 못하였으나, 사실상 일본 땅의 모든 일이 그를 거치지 않고서는 결정이 될 수 없을 만큼 권력을 단단히 틀어쥐고 있었다.

그렇다고 해서 그에 대한 반대가 없는 것은 절대 아니었다. 그의 정적들이 지금은 숨죽이고 있지만, 언제고 그가 궁지에 몰리기만을 기다리고 있었다. 그런 만큼 그들은 누구보다도 오와다노 토마리의 공사가 실패하고 타이라노 키요모리의 무역이 참패하기만을 기원해 마지않았다. 그러나 항구의 축조는 생각 외로 성공적이었고, 그것이 마무리되자마자 이 정도로 거대한 규모의 고려 선단이 내항하였으니, 그야말로 타이라노 키요모리의 정치적 성공을 일본 전역에 과시하는 효과가 있는 것이나 진배없었다.

그런 탓에 타이라노 키요모리는 무리한 요구가 아니라면 정민에게 얼마든지 고마움을 표시할 작정이 되어 있었다.

❖　　❖　　❖

　타이라노 키요모리는 정민을 자신의 장원이 있는 후
쿠하라로 초대했다. 정민은 300명을 수행원으로 추려
대동하여 들어갔다. 정민 자신은 화려한 수레에 앉아
서 후쿠하라로 향했는데, 수레의 겉치장에 비해서 앉
아 가는 느낌이 그리 편하지는 않았다. 일본도 수레는
널리 쓰이는 편이 아니었고, 고관대작들의 이동에 주
로 사용되는 것이라 그 중점 자체가 편안함보다는 얼
마나 위엄을 보일 수 있느냐에 맞춰져 있는 탓이다.

　후쿠하라는 타이라노 키요모리의 장원인 동시에 장
기적으로 그가 새로운 일본의 수도로 점찍어놓고 있는
곳이라 생각 외로 단정하게 잘 정비된 도시의 느낌이
났다. 아직 인구가 많지 않고 화려한 건축물도 그다지
없었지만, 주민의 의복 수준이나 생활환경에서 일본의
다른 지역에 비해 여유가 있음이 확실히 느껴졌다.

　후쿠하라에 위치한 타이라노 키요모리의 저택에서

정민과 타이라노 키요모리는 마주 앉아 이야기를 나누기 시작했는데, 처음에는 그저 의미 없는 서로에게의 상찬(賞讚)만 오고 가다가 이내 본론으로 들어가기 시작했다.

"내게도 배를 좀 파실 수 있겠소?"

"대선은 안 됩니다. 그러나 지불하는 규모에 따라 그 아래의 선박의 경우는 얼마든지 가능하지요."

키요모리의 말에 정민이 대선은 안 된다고 확실히 선을 그었다. 일본에 원양항해가 가능한 배를 쥐어 줘서 정민이 가진 중계무역의 이점을 줄일 이유가 전혀 없었다. 더군다나 큰 배는 단순히 무역선으로서뿐만 아니라 수군(水軍) 전력으로서도 큰 의미가 있었다. 괜히 정민이 청동포를 대선에 싣고 다니는 것이 아니었다.

'고려 기준으로만 놓고 본다면 최무선에 비해서 200년 빠르게 배에 포를 싣고 있는 셈이로구나.'

정민이 가진 화약과 총포에 관한 기술은 대략 현시대 기준으로 가장 발전한 남송을 기준으로 놓고 보더라도 거의 한두 세기 이상 빠른 것이었다. 그 정도만

해도 어마어마한 이점이 아닐 수 없었다. 물론 더 이상의 개량은 정민이 조급하게 군다고 하여 빠른 시일 내에 이루어질 수 있는 것도 아니거니와, 사실 기약이 없는 일이기도 했다. 그저 어떠한 방향성만을 제시하고 필요해 보이는 재료들을 최대한 수급하여 십 년, 이십 년이 걸리더라도 조금이라도 앞서 나갈 수 있게 하는 것이 최선이었다.

그러한 상황에서 기술적 이점을 가지고 있는 것들을 함부로 넘겨주거나 파는 일은 절대로 해서는 안 될 것이었다. 총포만큼은 아니지만, 대선도 그랬다. 송나라에서도 그러한 배를 외국인에게 팔지 않는 이유가 다 있는 법이었다. 같은 이유에서 정민도 그런 대선을 키요모리에게 팔 수는 없었다.

"그거는 아쉽게 되었소이다. 그래도 고려선 몇 척이라도 살 수 있다면 내게는 큰 도움이 될 것이오."

키요모리가 아쉬운 듯 입을 다셨지만, 그 또한 자신이 같은 입장이라 하더라도 같은 판단을 내렸을 것이다.

"히젠국 소노기군[彼杵郡] 앞바다에 있는 섬들에 대

해 배를 잠시 머무르게 정박할 수 있는 권한과 나무를 베고, 우물을 파고, 광물을 채취할 권한을 주실 수 있으십니까? 만약 이를 허용해 주신다면, 중형의 목선 열 척을 그냥 지어 드리고, 앞으로 그 섬들에 대한 사용료로 매년 은 2천 근을 지불하겠습니다."

정민은 자신이 일본을 방문한 목적을 단도직입적으로 들이밀었다. 사실 그가 노리고 있는 것은 하시마 섬의 탄광이었다. 정민이 알고 있는 정확한 탄광의 위치가 그곳뿐이니 어떻게든 그 섬에 대한 사용권을 얻어야만 했다. 현대에는 하시마 섬이 나가사키시의 앞바다에 있다는 사실만 알고 있을 뿐, 지금의 위치가 정확히 어디인지 알 수 없던 정민은 아직은 이 당시의 해당 지역인 히젠국 소노기군의 앞바다로밖에 지목을 할 수 없었다.

사실 지금 그곳에서 석탄을 캐낼 생각을 하고 있다는 것을 키요모리도 알지 못할 테니, 최대한 그 가치를 절하시켜서 얻어내야만 했다. 그곳에서 채굴할 석탄의 양을 생각하면 배 열 척에 매년 은 2천 관 정도야 아무것도 아닌 셈이었다. 더불어 광물에 초점을 맞추지 않고 마치 항행 가운데 정박지가 필요하다는 뉘앙스로 우물을 파고 정박하고 나무를 벨 권리를 달라고 하였으니, 키요모리로서는 혹하고도 남을 일이었다.

"정말이오? 고작 섬 몇 개에 너무 많은 것을 내어주는 것이 아니오?"

"아닙니다. 그저 송의 해안으로 가는 데 육지와 인접하여 남방의 섬들을 따라갈 항로를 개척하려 하는데, 그 가운데에 식수를 보급하고 잠시 배를 댈 기항지가 필요해서 그런 것입니다. 귀국의 영토를 이용하는 것이니 마땅히 지불해야지요."

물론 정민은 필요하다면 군대를 주둔시키고 영구적으로 점령할 생각도 있었다. 이곳에서 석탄을 캐내고, 그 가치가 일본에서도 알려져 섬에 대해 이용권을 철회하는 생각까지 하게 될 즈음이면 족히 20년은 지나가 있을 것이고, 그동안 섬 몇 개 정도는 요새화시키고 지켜내기에 충분하게 만들 자신이 있었다.

지금 정민에게 석탄은 무엇보다 필요한 것이었으므로, 소노기 앞 바다의 섬들은 꼭 얻어내야만 했다. 아마 하시마가 아니더라도 주변 지역이 같은 지질적 특성을 공유하고 있을 것이므로, 다른 섬에서도 석탄이 나오기를 기대해 볼 가치는 충분했다. 굳이 하시마가 아니더라도 가능성은 충분히 있는 것이다.

"흠, 내가 뭘 간과하고 있는데 지금 나를 속이는 것은 아니겠지요?"

키요모리는 정치적으로 잔뼈가 굵은 사람이었다. 워낙 조건이 좋다 보니 자신이 무언가 놓치고 있는 것이 없나 재점검을 해보는 것이다. 그러나 정민으로서도 여기서 조건을 더 후려칠 수는 없었는데, 나중에 석탄을 캐내서 돈을 번다는 사실이 알려지게 되면 분명히 키요모리가 그 값어치에 대해서 가늠을 해보려고 들 것이고, 너무 싼값에 이용을 하고 있다면 문제의 소지가 되기에 충분했다. 물론 석탄의 대부분은 동래에서 소비될 것이니, 그 가치를 알아보려 하더라도 제대로 추산하기는 어렵겠지만 말이다. 석탄의 가치는 산업에서 사용될 화석연료라는 것에서 제대로 나오는 것이라 그게 아니라면 그저 불에 잘 타는 돌 정도로 막연하게 생각할 수밖에 없었다.

"음, 그렇다면 히젠의 국사(國司, 코쿠시)를 우선

우리 사람으로 임명해야 할 것인데, 이것은 어렵지 않을 것이오. 어차피 큐슈 일대에 우리 힘이 미친 지 오래되었으니 말이외다. 일단 지도를 한 번 봅시다."

키요모리는 가신에게 히젠을 포함한 큐슈 일대의 지도를 가져오게 하였다. 그가 지도를 펼치자 예상대로 조잡하게 땅의 윤곽만이 대강 그려지고, 그 고을 이름들과 섬 이름들이 난잡하게 쓰여 있는 것이 보였다. 그래도 현대의 큐슈의 모양새를 대강 아는 정민이었다. 먼저 히젠국을 찾고 소노기군을 찾으니, 그 앞바다에 타카시마[高島]라고 쓰인 섬과 그 주변에 이름 없는 동그라미가 두어 개 있었다.

"이 타카시마와 주변 섬들이면 되겠습니다."

"정말 그것으로 되겠소? 나는 이키 섬을 내어달라 해도 내어줄 생각이오만?"

물론 키요모리의 표정을 보면 그것은 농담이었다. 대마도나 이키 섬을 무력으로 강제하지 않고서야 동래에 편입시킬 방법은 전무하다고 보아도 좋았다. 사람이 거의 살지 않는 것이나 다름없는, 일본의 중심지에서도 멀리 떨어진, 아무런 전략적 이점이 없는 조그만 섬들이니 사용권을 허락해 주는 것이다. 그냥 놀리느니 한 해에 은전 2천 관이 쏟아지는 가치 있는 땅으로 만드는 것이 누가 생각해도 현명한 일이다.

더군다나 제해권(制海權) 같은 개념이 없는 시대였다. 특히 일본은 수백 년간 고립되어 지내오면서 해로를 이용한 외침이라는 것을 받아본 적이 없었다. 신라 말대에 생활이 곤궁해진 유민들이 바다로 쏟아져 나와 일본 근해를 약탈하는 신라구(新羅寇)가 되었다고는 하나 이것은 국가 대 국가의 전쟁도 아니요, 연안을 잘 방비하면 내륙까지 휘저을 수 있는 것도 아니었다.

그런 관점에서 시골 촌구석, 그것도 그 앞바다에 떠 있는 조그만 섬에 배를 대고 나무를 좀 베겠다고 하면서 돈을 은 2천 관을 바치겠다는데 그런 문서를 써주지 않을 이유가 없었다.

그러나 정민은 보다 확실히 해두고 싶었다.

"천황의 칙령으로 받아주시면 더 좋겠습니다."

정민의 말에 키요모리의 옆에 서 있던 그 장남 타이라노 시게모리[平重盛]가 조심스럽게 키요모리의 귓가에 속삭였다.

"음……."

"상황 폐하에 대하여 천황 폐하의 권위를 세울 좋은 기회라고 생각됩니다."

"인(院, 상황)이 가만히 있지 않을 것인데?"

"그러니 더욱 위권(威權)을 세워야지요. 그렇지 않아도 폐하의 건강이 요즘 심히 염려되는 상황입니다. 무언가 업적을 남겨두지 않으면……."

"대외적으로 외교도 하는 천황이라면 그저 국내의 정치에 훈수나 두는 인의 입장은 더욱 좁아지겠지."

"칙령을 받아서 주시는 것이 좋을 겁니다. 그리고 따로 우리 헤이지의 이름으로 보장도 내어주면 되지 않겠습니까."

그들이 속닥이는 것을 보며 통역은 되지 않고 있으나 긍정적으로 고려를 하고 있는 것이 분명했다. 정민은 그저 헤이지의 암묵적인 허락만이 아니라 일본 조정의 공식적인 인허가 필요했는데, 실제 역사라면 헤이지는 결국 20년 안쪽으로 무너지고 카마쿠라 막부가 들어서게 될 것이었다.

물론 이제 그렇지 않게 될 가능성도 충분하지만, 그

것이 아니더라도 일본 내에서 어떠한 정치적 변동이 있을지는 정민으로서도 내다볼 수 없는 것이었다. 그러니 일본 내의 정치적 상황이 변화하더라도 되물리기 힘든 천황의 칙허 정도가 필요했다.

"좋소. 대신에 좀 더 머무는 날을 연장하여 나와 함께 쿄(京, 쿄토)로 올라가 천황을 뵙고 직접 받는 것이 좋겠소이다. 폭죽도 터뜨려 주면 더 좋겠소. 물론 불꽃놀이의 값은 내 치르겠소이다."

"그리하지요."

키요모리의 청은 그다지 받아들이기 어려운 것이 아니었다. 분명히 키요모리가 지지하는 천황의 권위를 높이고, 더불어 헤이지의 위세도 드높이려는 데에 이용하려는 생각일 테지만, 정민으로서는 체재 기간이 며칠 늘어나는 것을 제외하고서는 잃을 것이 전혀 없는 제안이었다.

그리고 그보다는 실리적으로 하시마의 탄광을 손에 빨리 쥐는 것이 더욱 중요했다. 탄량이 풍부한 석탄 광산을 하나 쥐고 있다는 것이 분명히 정민에게 이점을 줄 것이었다. 이곳에서 석탄을 캐내는 동안 고려 땅에서 석탄이 나는 산지를 찾아보거나 할 수도 있으니, 시간도 벌 수 있는 노릇이다.

❖　❖　❖

당대의 일본 황실은 크게 두 조류로 나뉘어서 갈등하고 있었다. 하나는 현 천황의 자리에 앉아 있는 니죠[二條] 천황이고, 다른 하나는 그 아비로, 섭정(攝政)을 할 요량으로 제위에서 물러나 조정의 상위 기관이나 다름없는 인(院, 원)을 설치하고 그곳에서 통치를 행하려다가 실각하고만 상황 고시라카와였다.

타이라노 키요모리는 근래에 들어서 중립적인 지위를 버리고 적극적으로 니죠 천황을 지지하고 있었고, 여기에는 저간의 사정이 있었다.

본래 타이라노 키요모리는 고시라카와 상황과 밀접한 연을 맺고 있었고, 그 덕에 키요모리의 아내 토키코가 고시라카와 상황이 후계였던 니죠 천황의 유모가 될 수 있었다. 그런 연유로 키요모리는 천황의 유부(乳父)이자 후견인으로서 츄나곤[中納言]의 관직까지 수여 받았으며, 고시라카와의 원청(院廳)에서 별직까지 맡으면서 고시라카와 천황을 도와 승승장구했던 것이다.

그런데 오호(應保) 원년(1161년) 9월에 고시라카와 상황과 헤이지의 일족인 다이라노 시게코[平滋子] 사이에 노리히토[憲仁] 황자가 태어나자 헤이지 가운데 몇몇 사람들이 니죠 천황의 후계로 노리히토를 태자로서 책봉하고자 하는 거동을 보였고, 니죠 천황은 배다른 동생을 자신의 후계로 점찍으려 하는 것에 대노하여 상황이 정치에 관여하는 것을 금지시키고, 이 작당에 가담한 이들을 찍어 내렸다.

자신의 가문 사람들이 연루되어 있는 일이니만큼 키요모리는 기민하게 그들과의 연관을 부정하고, 오히려 니죠 천황의 편을 들고 나서니, 이때부터 고시라와카와 상황과의 거리는 멀어지고, 니죠 천황의 가장 믿음직한 근신(近臣)이 되었던 것이다.

그 결과, 키요모리는 전국에 걸쳐 수백의 장원을 거느리고, 여송 무역으로 막대한 부를 거머쥔데다가, 정치에도 큰 영향력이 있는 일본의 사실상 실질적 통치자로서 부상한 것이었다. 이 모든 것은 니죠 천황의 양해와 도움 없이는 가능하지 않았고, 니죠 천황도 고시라카와 상황을 배제하고 자신이 통치를 펼치기 위해서는 키요모리의 협조가 절실한 상황이었다.

이러한 밀월 관계가 몇 년을 이어졌고, 이 동맹은 아주 견고하게 굳어서 상황이나 다른 세력들이 비집고 들어갈 틈이 없게 되었다. 그러나 아직도 둘의 입장에서는 불안한 여지가 많았다. 니죠 천황의 건강이 근래에 급격히 좋지 않았고, 이것은 아직 어린나이의 태자에게로의 안전한 권력 승계에 대해 일말의 불안함을 드리우고 있었다.

키요모리는 천황의 건강에 신경을 쓰는 한편, 혹여 모를 일에 대비하여 권력 승계를 보다 용이하게 할 준비를 하고 있었는데, 이 와중에 정민이 쿄토로 올라와 천황의 권위를 세워주고, 키요모리의 능력을 확인시켜 주는 것만 한 시위가 없었다.

이미 오와다노 토마리에 정박한 두 척의 거대한 고려선에 대한 이야기는 쿄토에서도 소문이 자자하게 퍼져 나간 상황이었고, 그러한 선박에 막대한 재물을 싣고 오게 하여 거래하는 것이 바로 내대신 타이라노 키요모리라는 것을 천하에서 모르는 사람이 없었다. 키요모리가 이번 거래에서 벌어들인 수익의 상당 부분 또한 천황에게 진상할 것이라는 풍문도 돌았는데, 그 재보의 막대함에 사람들은 놀라워서 고개를 저을 뿐이었다.

오죽하면 '헤이케[平家]가 아니라면 사람도 아니다'라는 이야기가 쿄토 저자에서 공공연하게 돌아다닐 정도였겠는가.

더군다나 이번에 황거(皇居)에서 주재할 연회에서는 지금껏 본 적 없는 대단한 규모의 놀음이 있을 거란 소문이 자자했는데, 화약을 이용한 폭죽놀이를 본 적이 없는 쿄토의 주민들은 그저 그것이 어떤 것이 될지 짐작조차 하지 못하고 있었다.

폭죽이 어떤 것인지를 알고 있는 키요모리조차도 이번에 정민이 준비해 온 폭죽이 어느 정도인지는 짐작조차 못하고 있었는데, 정민은 직접 써먹게 될 줄은 몰랐으나, 이들이 폭죽을 보게 되었을 때 어떤 반응을 보일지 내심 기대가 되기도, 궁금하기도 했다.

"고려국의 관백(官伯)의 지위에 있다고 들었네. 내가 이제껏 본 누구보다도 용모가 훌륭하고 기품이 넘치니, 과연 고려국에도 인재가 많다고 생각이 되네. 이번에 나를 위해 재미있는 것을 준비했다지?"

수렴(垂簾) 뒤에 앉은 니죠 천황의 목소리는 어딘가 기운이 없었다. 고려에 비해서 장식적이고 까다로운 궁중 문화를 헤이안 시대 내내 발달시킨 일본답게 군주로서의 기품을 중시하는 고려의 황제 보다는 신비로운 이미지를 덧씌우는 느낌이었다.

나긋나긋하고 가느다란 목소리와 얼굴을 보이지 않게 홀로 수렴 뒤에서 앉아 있는 천황에게서 속세의 사람이라는 느낌을 받기는 어려운 노릇이다. 정민은 이러한 모습이 참으로 재밌다고 생각하면서도 하시마 탄광을 자기에게 넘겨줄 사람이라고 생각하니 그저 마음이 흡족하기 짝이 없는 노릇이었다.

"그렇사옵니다. 모두 내대신이 폐하를 위해 저로 하여금 준비하게 한 것들이옵니다. 일본과 고려, 양국의 친선은 물론이거니와, 폐하의 무병장수와 번영을 기원하고자 준비한 것이니 마음껏 즐겨주시옵소서."

하얀 돌이 깔려 있는 황거의 정원에는 무사들이 활을 멘 채 뒤돌아 앉아 있었고, 마루 위에는 하얗게 분칠을 하고 눈썹을 깎은 다음, 시커먼 먹을 눈썹 위에 먹인 기묘한 모습의 대신(大臣)들이 앉아 있었다. 가끔 그들이 입을 열 때에는 시커먼 먹물을 이빨에 물들인 것이 고스란히 드러났는데, 정민은 흰 얼굴 아래에 드러나는, 완전 검은 이빨들을 볼 때마다 흠칫하고는 했다.

'그나마 여인들이 낫군.'

기괴한 분장이지만 그나마 굳이 따지자면 여자가 한 게 나았다. 물론 정민의 입장에서는 고려의 담백한 화장법이 훨씬 낫게 느껴졌다.

"과연 내대신이로다. 짐을 위해 이리 또 즐거운 놀이를 준비하여 주어 매우 고맙도다."

니죠 천황이 깔깔거리며 웃었다. 입을 가리면서 웃는 모습이 매우 연극적이라고 정민은 생각했다.

'뭔가 꼭두각시의 궁정 같군. 자연스러움이 없어.'

정민이 일본 궁중에 대해 느낀 감정이 그랬다. 자연스러움이 없고 모든 것이 계산되고 장식적으로 움직이

는 느낌이었다. 그러나 그런 것은 아무래도 좋은 일이
다. 연회 내내 대소 신료들은 와카[和歌]를 한 수씩
지어 읊으면서 놀았는데, 정민으로서는 일본어, 그것
도 중세 일본어를 알 수 없는 노릇이니 그저 멀뚱히
앉아서 앞에 놓인 차의 맛이나 즐기면서 정원의 아름
다움이나 감상하고 있었다.

그러는 사이, 해가 저물고 이내 땅거미가 쿄토의 동
편으로부터 짙게 올라와 하늘을 뒤덮었다. 정민은 미
리 사람들로 하여금 준비하게 한 대로 황거의 정원에
불꽃놀이를 위한 준비를 마쳐 놓았고, 키요모리에게도
소리가 커서 사람들이 놀랄 수 있으니 미리 주의를 주
라고 말을 해두었다.

"그래, 이제 고려국에서 온 손님이 무엇을 짐을 위
해 준비했는지 한 번 즐겨보도록 하자."

해가 저물어야 볼 수 있다고 말을 해두었기에 니죠
천황도 내심 기대가 있었는지 해가 저물자마자 재촉하
여 준비한 것을 보이라 성화였다. 천황이 잘 볼 수 있
게 수렴이 걷어졌고, 이내 먼저 준비한 폭죽에 불을
붙였다. 심지가 타들어 가면서 풍기는 냄새가 고약하

자 여러 대신들이 소매를 코에 가져가면서 뭐라고 불평을 하려고 하는 순간, 우레 같은 소리와 함께 폭죽이 하늘로 쏘아져 불꽃을 만들며 터져 나갔다.

갑작스러운 굉음에 몇몇 대신들은 깜짝 놀라 자리에 엎어졌으나, 미리 어떤 것이 펼쳐질지 알고 있던 타이라노 키요모리는 꿈쩍 않고 앉아서 하늘로 쏘아져 올라간 불꽃을 보았다. 그로서도 이 정도의 화약이 들어간 폭죽은 처음 보는 것이었다. 별빛이 쏟아지는 쿄토의 하늘 위로 쏘아올린 폭죽이 화려한 불의 꽃을 뿌리면서 떨어져 내리는 것을 보고 감탄을 하지 않을 수 없었다.

니죠 천황도 깜짝 놀라서 하늘에 펼쳐지는 화려한 불의 놀이에 넋을 잃었다. 정신을 차린 대신들도 하늘로 시선을 돌린 순간, 할 말을 잃기는 매한가지였다.

정민은 이들이 정신을 차릴 여유를 주지 않았다. 바로 연이어서 다음 폭죽에 불을 붙이자, 이것 또한 하늘로 날아가서 이번에는 푸른빛의 불꽃을 하늘에 비산(飛散)시켰다.

황거 밖에서도 사람들이 그 모양에 놀랐는지 비명

소리와 감탄하는 소리가 울려 치는 것이 똑똑히 들릴 정도였다. 자리에 앉아 있던 천황은 체통도 잊은 채 정원 앞까지 직접 나와서 기둥에 손을 대고 몸을 빼 하늘에서 펼쳐지는 장관을 구경할 정도였다.

"신룡의 놀음이로고."

니죠 천황의 입에서 절로 탄성이 삐져나왔다. 그 자리에 있는 대신들도 그 순간만큼은 아무런 생각이 없었다.

어느 순간부터는 폭죽이 쏘아질 때마다 황거는 물론이거니와, 쿄토 도심에 감탄성이 메아리 치고 있었다. 그렇게 한 시진 가까이 가져온 폭죽을 다 쏘아버릴 때까지 일본의 첫 불꽃놀이는 계속되었다. 쵸칸[長寬] 3년, 1165년 음력 4월 25일의 일이었다.

훗날 이때의 불꽃놀이는 '쵸칸의 하나비[花火]'라는 숙어로 굳어서 아주 화려한 장관을 일컬을 때 쓰이게 될 정도로 이날 쿄토에서 불꽃놀이를 본 사람들의 머릿속에는 절대 잊을 수 없는 기억으로 남게 되었다.

니죠 천황으로부터 히젠국 소노기군 앞바다의 타카
시마, 하시마 등에 대한 점유권(占有權)을 칙명으로
인허 받은 정민은 좀 더 머물라는 니죠 천황과 타이라
노 키요모리의 권유를 애써 사양하고, 다시 오와다노
미나토를 출발하여 세토 내해를 가로질러 서쪽으로 향
했다.

이번에는 상대적으로 좀 천천히 움직이면서 항해했
는데, 실은 일본 해안에 대한 측량 작업을 실시하기
위해서였다. 비록 측량 도구에 상대적 한계가 있어서
아주 정밀한 측량은 불가능하였으나, 역대 일본에서
완성된 바 있던 어떠한 지도보다도 더욱 정확한 것일
것임은 분명했다. 비단 항로를 잡는 데 사용될 뿐만
아니라, 나중에는 혹시 모를 일에 군사적 목적으로도
쓰일 수 있음은 자명한 노릇이었다.

이렇게 천천히 보름에 걸쳐서 세토 내해를 다시 역
으로 거슬러 올라가 현해탄 바다 앞으로 나아간 다음
에, 큐슈의 서쪽 해안선을 따라서 남쪽으로 향했다.
이때에는 나가사키라는 고을도 없던 때로, 큐슈에서

동중국해를 향하여 비쭉 나온 반도에 히젠국 산하의 고을인 소노기군이 설치되어 있었고, 이 군치(郡治)에 들러 천황의 칙허를 보여주고서 타카시마와 하시마의 위치를 안내 받았다.

갑작스럽게 들이닥친 커다란 고려선에 소노기군의 군사(郡司)는 벌벌 떨면서 나왔고, 도리어 천황의 조칙을 보고서야 안심을 할 정도였다. 이런 시골구석에서 이러한 배가 나타나는 것은 그야말로 깜짝 놀라고도 남을 만한 일이었던 것이다.

소노기군의 군사가 보내준 길잡이들과 함께 앞바다에 떠 있는 섬들을 한차례씩 훑었는데, 그중 큰 섬이 타카시마고, 하시마라 불리는 섬은 예상대로 거의 암초나 다름없을 정도로 작은 수준이었다. 정민은 그 섬을 보고 석탄이 많이 난다고 하더라도 지금의 채굴 기술로는 채광하는 것이 매우 어렵겠다는 판단이 들었다. 일단은 마음속으로만 점찍어둔 다음에 아쉬움을 남기고 타카시마로 향했다.

이 섬은 그래도 면적이 조금 넓어서 정민이 기억하는 현대의 여의도만 한 크기는 되는 것 같았다. 더군다나 이 섬에서는 기대하던 불타는 돌, 석탄이 나온다는 사실을 확인할 수 있었다.

'하시마보다는 이곳에서 먼저 탄을 캐내야겠다.'

접안이 가능하고 사람이 상주할 만한 크기인데다가 광산을 세울 만한 토지 면적이 된다는 것만으로도 충분히 가치가 있었다. 파 내려가다 보면 탄전이 사실상 해저(海底)에 위치하게 되는 셈이겠으나, 이것은 최대한 바다를 피해서 탄광을 파도록 사전에 철저히 유념시키면 될 일이었다.

정민은 좀 더 북쪽에서 다시 이오지마[伊王島]라고 불리는 더 큰 섬을 발견했는데, 병력과 주민을 주둔시키는 기항 지점으로서는 이 섬을 택하기로 했다. 이 섬과 바로 면한 다른 섬을 포함한 면적은 타카시마에 비해서 족히 세 배는 넘어 보였다.

'육지에 거점을 얻을 수 있다면 더 좋겠지만, 아직 섣부르게 추진할 수는 없는 노릇이지.'

어차피 식량 같은 것은 동래에서 꾸준히 공급할 예정이고, 동래에서 보낸 포로 무장한 선박을 막아 세울 만한 해양 세력이 없는 것은 자명한 일이니, 풍랑에

침몰되는 것이 아니고서야 보급선에는 문제가 생길 수 없었다.

일단 타카시마와 이오지마의 두 섬에 나루를 설치하고 나무와 이엉으로 엮은 임시 숙소 몇 개를 지어둔 다음에 천황의 칙령으로 접근을 엄금한다는 표지를 세워두고 말뚝을 박은 뒤 새끼를 꼬아 섬의 상륙 가능한 지점에 쳐두었다. 그러고는 작성 중인 지도에는 한자를 그냥 읽어서 고도(高島)와 이왕도(伊王島)라고 명명해 놓고, 그 위도를 기입하여 넣었다.

"쿄토의 웃전들로부터 우리가 이곳에 배를 대고 장원을 꾸릴 수 있도록 칙허를 받은 것이니, 절대 지역 어민들이 함부로 배를 대고 출입하거나 하게 두어서는 안 될 것이오."

정민은 소노기군의 군사에게 으름장을 놓는 것도 잊지 않았다.

"여부가 있겠습니까."

소노기군의 군사는 혹여 칙명을 외국인들이 위조한 것은 아닐까 하는 의심도 있었지만, 지금 당장으로서는 저 강대해 보이는 두 척의 거대한 배와 수십 척의 다른 배들까지 이끌고 온 고려인들을 상대로 할 수 있는 것이 없었다. 일단 보낸 다음에 상급 관청에 칙허의 사실 유무를 조회하고, 사실이면 그들이 말한 대로 조치하면 될 일이고, 아니면 어떻게든 이 긴급한 사정을 알려서 대책을 강구해야 할 일이었다.

그러한 소노기군 군사의 속마음이야 어떻든 간에 정민은 이제 원하는 탄광을 일단은 찾아냈으니, 한껏 후련해진 마음으로 남쪽으로 항로를 잡아 돌릴 수 있었다.

큐슈의 해안가를 따라서 다시 출발하여 남하하기 시작한 것이 음력 5월 5일이었다. 그동안 앞으로 점유하게 될 여러 섬의 정확한 지형도를 작성하고, 주변 해안과 바다의 깊이를 세밀하게 표시한 해도가 만들어졌다. 큐슈의 해안을 따라 남하하면서도 해도의 작성은 계속되었는데, 타이라노 키요모리에게 얻은 지도와 기존에 가지고 있던 일본 지도를 비교하며 근처 고을의 이름과 섬의 이름 따위도 함께 기입해 넣었다. 이러한 지리적 정보 자체가 상업 국가에는 아주 긴요한 정보가 되는 것이었다.

'이곳이 나중에 시마즈 씨가 웅거하게 되는 사츠마 일대로구나.'

큐슈 해안을 따라 남쪽으로 향한 정민의 함대는 일본에서 마지막 기항지인 셈인 시마즈 장원(島津莊, 시마즈노 쇼) 일대에 다다랐다. 이 장원은 남큐슈의 히가[日向], 오스미[大隅], 사츠마(薩摩, 現 일본 카고시마현)의 세 지역에 걸쳐 있는, 사실상 일본 최대 규모의 장원이었다. 지금은 그 소유가 타이라노 키요모리의 아들 가운데 하나인 타이라노 세이시[平盛子]로 되어 있었다.

본래 역사대로라면 훗날 카마쿠라 막부의 개창 공신 가운데 하나인 코레무네노 타다히사[惟宗忠久]가 이 장원을 받고 이름을 따 시마즈[島津] 씨로 씨명을 바꾸고 메이지 시대에 이르기까지 그 가문이 칠백 년에 걸쳐 이 땅을 통치하게 되지만, 이제는 사실 상관이 없어진 이야기였다.

사실상 이 장원의 현 주인인 타이라노 키요모리의 친서가 있었기에 이곳에서도 기항해서 충분히 휴식을 취하고 좋은 대접을 받는 것이 어렵지 않았다.

"여기서부터 남쪽은 대개 고려인이 닿은 적이 없는 지역이다. 다들 이 남쪽 바다로 펼쳐진 군도들을 거쳐서 송나라에 이르기까지 항상 경계를 멈추어서는 안 될 것이다."

정민은 사츠마에서 출발을 하면서 다시 가신들과 선원들에게 단단히 일러두었다. 이제 유구와 대만을 지나서 송나라의 동쪽 해안으로 들어갈 생각이었다. 물론 그 와중에 어디에 정박이 가능한지, 거점의 확보는 가능한지, 그곳 주민들의 습속은 어떠한지, 습속이 온후하다면 교역이 가능한지 등 파악할 것이 많았다. 당연히 상세한 해도를 작성하는 것은 필수적이었다.

생각보다 시간이 꽤나 길어질지도 모른다고 생각한 정민은 적당한 크기의 배 세 척을 돌려보내면서 그간 만든 해도의 복사본과 함께 남쪽 바다로 들어가서 항해가 생각보다 길어지게 되었다는 전갈을 동래에 보내라고 했다. 그리고 그에 대한 답신은 바로 송나라 천주로 보내놓으라고도 일러두었다.

정민이 남쪽 바다에 대한 답사를 마치고 천주에 들어갈 즈음이면 아마도 그 답신이 그쪽으로 도착해 있으리라고 기대했다.

❖ ❖ ❖

이 시기의 류큐 제도와 대만은 한데 묶여서 송나라에서는 유구(琉球)라 알려져 있었다. 류큐 제도에는 이제 막 농경이 시작된 지 한두 세기가 지난 시점이었고, 그 농업 기술을 가져온 것은 혼란을 피해 큐슈 일대에서 남하한 농민들이었다. 일본의 통치가 닿지 않는 이 남방의 섬들에 정착한 농경인들은 기존의 원주민들과 통혼하고 정착하여 이 시기에 이르러서는 여러 섬에서 '아지'라고 불리는 호족들이 등장하였다.

이들은 '쿠스쿠'라는 성을 구릉마다 쌓고, 그곳을 거점으로 삼아 농경지를 두고 서로 다투는 전란기에 돌입하였는데, 이를테면 류큐 제도의 여러 섬에 걸쳐서 수십 명의 아지들이 각기 성읍 국가(城邑國家)를 건설하고 정치적 투쟁에 돌입한 상황이었다.

그런 와중에 류큐 제도를 통일한 군웅은 아직 나타나지 않고 있었다. 정민이 류큐 제도에 접어든 시점에

열도의 상황은 그와 같았고, 처음에는 일본 시마즈장에서 붙여준 한 명의 길잡이와 함께 섬마다 차례로 방문하면서 교역할 만한 상대가 있는지를 가늠해 보는 수밖에 없었다.

"아직 산물이 빈약하고 거래할 만한 품목이 마땅치 않아 보이는 것 같습니다."

두어 개의 섬을 지나고 나서 오저군이 불만족스럽다는 듯이 말했다. 이제 막 성읍 국가를 건설하고 있는 단계였다. 크게 돈이 될 만한 산물이 날 것이라고 기대하는 것이 사치일 수도 있었다.

"없다면 만들면 될 일이지."

정민은 웃음을 지으며 말했다. 이 지역에서 점령지를 만들거나, 하다못해 최소한 정치적으로 동맹 관계의 아지[城主] 하나만 만들 수 있다면, 그 땅에서 강남에서 구한 사탕수수를 심게 할 수 있었다. 여기서 재배한 사탕을 동래로 가져와 설탕으로 가공해 내고, 그것을 다시 일본이나 금, 송에 팔아서 이윤을 남기는 것이 가능했다. 물론 사탕수수는 류큐가 아니더라도 대만에서 재배가 가능했고, 정민은 여기에 대해서는 가능성을 열어두고 있었다.

"본도까지 내려가 보도록 하자."

류큐 제도에서 가장 큰 섬인 동시에 아지들 간의 정치적 갈등이 가장 큰 곳은 정민이 오키나와라 기억하고 있는 우치나 섬이었다. 우치나 섬은 그 면적이 제주도의 2/3 정도 되는 크기이니 결코 작다고 할 수 없는 섬이었다.

듣기로는 이 섬 안에 줄잡아 못해도 여섯에서 여덟 사이의 성주들이 각기 지역을 점하고 서로 이합집산하며 섬의 통일을 노리고 있다고 했다.

정민은 그들 가운데 가장 가능성이 높은 이를 지원하기로 마음먹고 우치나 섬으로 향했다.

"우치나 섬의 서남방에 우라시이[浦添]라는 성읍이 있고, 그곳의 수령이 본도에서는 가장 강대한 힘을 갖고 있다고 합니다. 목표를 일단 그쪽으로 잡는 것이 어떨까요? 더불어서 성이 해안과 면한 곳에 서 있어서 배로 위압하기에도 괜찮을 것 같습니다."

오저군이 일본인 길잡이와 류큐 제도 초입의 아마미 섬에서 들은 정보를 바탕으로 목적지 삼을 만한 곳을 알려주었다.

정민은 고민 끝에 그쪽으로 향하기로 결정을 하고, 배의 침로(針路)를 서남방으로 잡도록 했다.

역시 해도를 그리면서 나아가는 길이라 시간이 생각보다 더욱 걸렸다. 한 번 왔을 때 다음 항해에도 사용할 수 있도록 제대로 된 지도를 그려놓지 않는다면, 항해에 있어서의 위험이 증대할 수밖에 없었다. 그래서 가급적이면 정민은 조금 시간이 걸리더라도 해도를 작성하는 데 신중하게 임할 수밖에 없었다.

물론 바다에서의 측량은 육지상의 측량과는 많이 다를 수밖에 없었고, 정민이라고 하여 딱히 그 점에 있어서 대단한 지식이 있는 것은 아니었으나, 동래에서 양전 사업에 투입되었던 시습당 출신의 인력들이 이번에도 어떻게든 제 역할을 해내고 있었다. 사실상 육안과 원시적 측량 기구에 의존할 때가 많았지만, 그래도 어떻게든 정민이 기억하는 실제의 지리적 모양과 상당히 흡사한 지도를 만들어내고 있던 것이다.

그렇게 해서 우치나 섬의 해역에 접어든 것이 6월 2일 무렵이었다. 혹여나 선원병이 돌 것을 걱정한 정민은 그간 재워두었던 유자청 따위를 선원들에게 돌리고, 배에서 제배한 소량의 야채도 함께 주었다. 일본에서 최대한 신선한 식품을 사서 적재하기는 했지만, 생각보다 항해가 길어지고 있으니 건강상의 우려가 있던 것이다.

"저쪽 만곡이 굽어지는 곳에 우라시이 쿠스쿠[城]가 있습니다."

쿠스쿠는 유구말로 성이라는 뜻이다. 지역의 군장(君長)인 아지들은 각기 이러한 쿠스쿠를 기반으로 주변 지역을 지배하고 있었는데, 우치나 섬에서도 남쪽 일대를 장악하고 가장 세력이 큰 것이 이 우라시이의 아지라고 했다.

갑자기 커다란 배 두 척과 더불어서 수십 척의 선단이 나타나자 우라시이 해안에는 사람들이 몰려 나와 웅성거리고 있었다. 이 지역에도 아주 드물게 송나라 배가 무역을 하러 오거나, 혹은 표류해 오는 경우가 없지 않았으나, 그래도 이 정도로 큰 규모의 선단이 나타나는 것은 유례없는 일이었다.

함부로 공격하거나 물리칠 생각도 하지 못하고 멀찍

이서 놀란 채로 당황해하는 도민(島民)들의 모습에 정민은 마음이 조금 씁쓸했다. 언제나 갑작스러운 외래인의 출현은, 그것도 그 기술이 위협적일 때는 불안함과 당혹스러움을 동반하기 마련이었다. 이것은 이 섬 사람들이 미개하거나 열등해서가 절대 아니다. 지리적 조건이 역사적 과정 가운데에서 이들에게 이러한 삶의 양식을 강요했기 때문이다.

유구의 위치가 보다 대륙과 가깝고 충분한 토지가 있으며 선진문물에 대한 접촉이 용이했다면, 지금쯤 하나의 국가를 이루어서 동아시아의 질서 가운데에 편입되었을 것이다. 그러나 지금 유구는 그렇지 못한 상황이고, 아마도 대만은 더욱 그럴 것이었다.

정민은 내키지 않았지만, 혹여 모를 충돌과 손실을 피하기 위해 일부러 조금 더 위협적인 연출을 보여주기로 마음을 먹었다. 그는 육지 쪽에 닿지 않을 정도로 포문을 열어 방포(放砲)하도록 했다.

"방포하라!"

정민의 명을 받은 오저군이 외치자, 이내 두 척의 대선에 실린 포가 열려서 동중국해의 옥빛 바다 위로 포탄을 쏟아냈다. 여전히 명중률이 좋지 않고, 한 번 발사를 위해서 많은 시간이 걸리는 부실한 청동포였으나, 그 소리와 위력은 충분히 위압적이었다. 해안에서 조금 떨어진 곳에 포탄이 떨어져서 바다가 출렁이는 것을 본 도민들은 놀라서 황급히 육지 쪽으로 달아나기 시작했다.

이내 이 지역 말을 조금 아는 일본인 길잡이가 해안가로 접근한 선박 위에서 협상하러 나올 것을 요청했다.

"대고려의 임금이 직접 오셨으니 그 명을 받들어 이 땅의 군주는 나오라!"

그렇게 네 번을 외치고 나니, 이내 그 말을 전하기 위해서인지 성 위로 달음질쳐 올라가는 사람들의 모습이 멀찍이서도 보였다. 한 시진이 지나기 전에 성에서 가마를 탄 사람과 그를 호종하듯 창과 활로 무장한 일군의 병력이 내려와서 해안가로 나아왔다.

정민은 그들이 협상을 할 준비가 되었다고 판단하고, 쪽배를 내려서 해안으로 다가갔다.

"송인(宋人)이십니까?"

우라시이의 아지는 나이가 마흔쯤 되어 보이는 중년의 사내로, 툭 불거진 이마에 곱슬곱슬한 수염이 인상적인 사람이었다. 일본풍의 관모(冠帽)를 쓰고, 몸에는 비단옷을 걸치고 있었는데, 아마도 이러한 비단옷이 그 신분과 지위를 상징하는 주요한 사치품인 것을 짐작하게 했다.

"우리는 송나라에서 온 것이 아니오."

"그렇다면 일본에서 온 것입니까?"

이들에게 세계란 먼바다 밖의 송나라와 가까운 바다를 넘어 있는 야마토[日本]뿐이었다. 그나마도 가끔 거래를 하고자 드나드는 배들만이 유구까지 흘러올 뿐, 대개 천하라는 것은 바다위에 떠 있는 섬들이요, 그 섬에서 서로 세력을 다투는 아지들이 전부였다.

"나는 대고려의 여러 왕들 가운데 하나로, 오늘 너희와 교역을 하고 충성을 받으러 왔느니라."

정민은 짐짓 허풍을 조금 섞어서 아지를 을렀다. 무력으로 이 땅을 점거하고 식민지를 만들 생각도 없었고, 이 아지가 협조한다면 무기와 사치품을 제공하여 우치나 섬을 장악하기 쉽게 도와줄 생각이었다. 그 대가로 아지는 섬의 일부에 기항지를 제공하고, 정민이 원하는 바대로 사탕수수를 재배하게 될 것이었다.

"나의 충성을 바란다는 말입니까?"

아지의 표정이 살짝 찌푸려졌다. 그로서는 가급적이면 받아들이고 싶지 않은 제안일 것이다. 그러나 아까의 포의 위력과 그 포를 쏘아대는 저 거대한 선박들을 보자면, 딱히 선택의 여지가 없어 보이기도 했다.

"앞으로 여기서 머물면서 우리를 다스릴 생각이십니까?"

아지의 질문이 연이어졌다. 정민은 고개를 저었다.

"아니다. 나는 너에게 무기와 책, 그리고 도자기와 향료를 줄 것이고, 너는 그 대가로 우리가 들고 날 수 있는 나루와 집, 그리고 내가 주는 작물을 길러서 나에게 팔면 될 것이다. 대신에 내가 준 무기로 우치나의 다른 아지들을 굴복시키고 섬을 통합할 수 있을 터인데, 받아들이는 것이 좋지 않겠는가?"

말만 들으면 나쁠 것이 없었다. 아지는 잠시 고민에 고민을 거듭했다. 그가 내린 결론은 일단 이들이 당장 물러가게 하기 위해서라도 받아들이는 시늉을 할 수밖에 없다는 것이었다.

"그렇게 하겠습니다."

정말로 무기와 사치품을 준다면, 그것은 그것대로 갑작스럽지만 좋은 일이었다. 정민은 고개를 끄덕이고 나서 배에서 도자기와 옥, 그리고 칠기, 기와, 비단, 책, 그리고 좋은 철로 만든 검과 각궁(角弓), 말을 아지에게 주었다.

"내 일 년 뒤에 다시 사람을 보낼 것이다. 그간 배를 댈 수 있는 나루를 마련하고, 내가 준 이 사탕수수를 시험 삼아 재배해 보도록 하라. 그리고 너에게 이 장산국(萇山國)의 속신임을 증명하는 관인과 관복을 하사할 것이다."

우라시이의 아지, 하시[怕芝]는 놀라움과 두려움이 뒤섞인 표정으로 엎드려서 그 관물을 받았다. 갑작스럽게 나타난 사람들이 커다란 배로 위협을 하다 우치나에서는 구하기 어려운 귀한 물건들을 한 번에 내려주었으니, 당혹스럽고도 얼떨떨한 기분이 아닐 수 없었다.

정민은 우라시이 앞바다에서 다시 나흘을 더 머물렀

다. 하루는 직접 내려 주변 일대를 말을 타고 둘러보며 적절한 기항지를 물색하기도 하고, 일 년 뒤에 상인들이 와서 머물 집을 지어놓을 자리까지 지목한 다음, 선물로 폭죽 네 개까지 주고서 대만으로 침로를 돌려 나아갔다.

류큐 제도의 끄트머리에서 벗어나 조금 나아가면 바로 대만의 동북단(東北端)이었다. 정민은 습관적으로 후대에 붙여진 이름인 대만이라는 지명으로 이 섬을 떠올리곤 했지만, 이 당시에 알려진 것은 그저 유구(琉球)의 한 섬이라는 정도였다.

물론 역사 이래로 수많은 중국인들이 이곳에 표착하기도 했으나, 중국 왕조에 의해 지배권이 확립된 적은 없고, 다만 원양을 오고 가는 상선들이 원주민에 의한 공격을 무릅쓰고 상륙하여 식수를 구해 가거나 하는 정도가 전부였다.

드물게 해안가의 일부 부족들과 거래가 이루어지기

도 하였으나, 호전적인 대만 원주민들을 상대로 장기적인 관계를 수립하는 것이 쉽지 않기도 하고, 이곳에서 나는 산물들이 딱히 그들의 눈에 매력적이지도 않았기 때문에 송나라 상인들도 이 근방의 해역으로는 잘 다니지 않았다.

'이 지역에는 아직 국가도 없고, 오스트로네시아계 원주민들이 서로 부족별로 나뉘어서 할거하고 있는 상황일 텐데……. 적절한 무역 상대를 찾으면 오래 머물지 않고 천주로 가야겠다.'

정민은 애초에 대만에는 큰 기대를 하지 않고 있었다. 아직까지 대만까지 힘을 투사하기에는 여력이 부족했고, 더불어서 호전적인 원주민족들을 제압하거나 구스를 여건도 마땅찮았다. 다만, 적절한 거래 상대만 확보한다면 충분히 소기의 목적은 달성하는 것이다. 당분간 사탕수수 재배 정도는 유구의 우치나에서 하는 정도면 괜찮을 성싶었기 때문이다. 그러나 언젠가 동남아까지 무역을 나가게 될 때에는 굳이 송나라 항구에 기항하지 않고도 직항할 수 있는 거점을 확보하는 것이 중요했고, 이번 항해는 그러할 만한 장소를 미리 물색해 두는 것이 주목적이었다.

"섬이 참 아름답긴 하구나."

"풍광이 얼핏 보기에도 하국(夏國)의 정취입니다."

대만 섬의 북단(北端)이 가까워져오는 것을 보며, 정민의 말을 오저군이 거들었다. 음력 6월의 한여름이긴 했으나, 그래도 녹음이 짙고 푸르게 우거져 있고, 그 초목의 식생이 얼핏 보기에도 사뭇 고려 땅과는 매우 달랐다. 그렇게 하루 정도를 섬의 북동단을 거쳐서 항해해 나가니, 강이 흘러나오는 하구를 끼고 있는 만(灣)처럼 보이는 곳에 꽤나 큰 취락이 형성되어 있는 것이 보였다.

정민은 함대를 그쪽 가까이 가도록 지시를 하고 나서 다시 하루를 시위하듯이 그 취락에서 함대가 뻔히 보이는 거리에 정박시켜 두었다. 몇몇 사람들을 섣부르게 내려서 접근시켰다가 공격을 받거나 할 것을 우려하여 저쪽에서 먼저 다가오기를 기다린 것이다. 아니나 다를까, 그렇게 이틀가량이 다시 지나자 위협을 느낀 모양인지 결국에는 취락 쪽에서 먼저 배를 띄워 다가왔다.

예전에 이곳 북쪽에서 거래를 해본 경험이 있다는 유구인 남자를 데리고 온 덕에 아주 기초적인 대화가 가능했다. 이 북쪽의 부족들 사이의 무역을 위한 공용어는 바사이(Basay) 족의 언어로, 섬의 북단에서는 꽤 넓게 통용이 되고 있는 모양이었다. 화려한 무늬의 직물 옷을 입고, 상체는 상당히 드러낸 채로 온몸에 색칠과 문신을 한 건장한 남자 몇몇이 다가와서 당혹스러움이 묻어 나오는 말투로 뭐라고 통역인에게 외쳤다.

유구인 통역자도 이 바사이 말은 아주 기본적인 것밖에 하지 못했고, 유구인 통역과 일본어 역관 사이에도 또 뜻을 전달하는 데 손실이 있어서 기본적인 의사소통이 의심스럽기는 했다. 그러나 이 원주민들은 배를 제발 물려 달라고 간절하게 요청하고 있다는 사실만큼은 잘 알 수 있었다.

정민은 그렇게 해주겠노라 하고 대신 거래가 가능한지 물어보라고 했다. 사실 딱히 이들에게서 원하는 특산품은 없고, 이 땅에서 나는 것들 가운데 어떤 것이 상품가치가 있는지도 모르니, 정민이 이번에 주고 내려가는 물건들의 대가로 1년 뒤에 다시 올 때까지 괜찮은 것들을 마련해 놓으라고 일러두라 했다.

얼마나 잘 전달되었을지는 미심쩍지만 결국 어느 정도 합의가 이루어지고, 정민은 이들에게도 도자기와 비단, 칠기, 그리고 각궁 따위를 건네주었다. 이들도 도자기 같은 것은 송나라를 통해 흘러 들어온 것을 접해본 경험이 있는지 귀중하게 받아들이면서도 놀라거나 하지는 않았다. 정민은 이 정도라면 거래가 충분히 가능하겠다고 판단하고, 천주에 들어가면 혹시 대만 쪽으로 나가서 언어를 익힌 사람이 있는지 알아봐야겠다고 생각했다. 큰 기대는 되지 않지만, 그래도 천주에서는 멀리 떨어지지 않은 섬이니 혹여나 있지 않을까 하는 기대가 있던 것이다.

물론 내년이 되어서 한 150명 정도를 이 섬에 정착시키고 요새를 쌓게 한 다음에 이 지역의 언어를 익히게 한다면 결국 직접적인 의사소통이 가능해지겠지만, 아직 이 대만 섬을 개척해야겠다는 것에 대해서는 확실한 결정을 내리지 않았으니 조금 유보를 해둘 필요가 있었다. 그렇다고 덜컥 소수의 몇 명만을 내려놓고 갈 수도 없는 것이, 충분히 자신들을 지킬 무력을 확보하고 있지 못한 상태에서는 부지불식간에 유명을 달리할 수도 있기 때문이었다.

'이 문제는 좀 더 고민을 해보아야겠다.'

새로운 땅의 개척은 쉬운 것이 아니었다. 더군다나 이미 그 땅에 터를 다지고 살고 있는 사람들이 있으니 더더욱 그랬다. 정민은 일단 아쉬운 대로 해도에 류큐 열도에 대해서는 대유구라, 대만 섬에 대해서는 소유구라 임시로 지명을 붙이고서는 대만 섬의 북쪽에서 서쪽으로 해안을 따라 다시 보름간을 측량하면서 내려간 다음에 천주 방향으로 틀어서 바다를 헤쳐 나아갔다.

하루를 서쪽으로 가니 바다 위로 수십 개의 섬이 흩뿌려져 있는 것이 보였다. 이 섬들은 이미 송나라에도 잘 알려진 곳으로, 팽호(彭湖) 혹은 평호서(平湖嶼)라 불리는 군도였다. 정민은 만약 대만이 용이하지 않다면 이 섬들을 남양 무역의 거점으로 삼는 것도 나쁘지 않겠다는 생각이 들었다. 단점은 송나라에 이미 존재가 알려져 있다는 것이요, 장점은 송나라의 지배력이

미치지 않는다는 것이었다.

'여기서 천주까지는 다시 100여㎞를 나아가야 하고, 배로 가면 이틀에서 사흘 거리이다. 너무 가까울지도 모르겠다.'

정민은 일단은 지도에 섬들을 대략적으로나마 그려 넣게 하고서 이제 잘 알려진 항로에 올라 천주로 향했다. 그렇게 다시 이틀 반을 나아가니 멀리서 천주항의 정경이 보였다. 일전 오저군이 보고서 감탄했던 그 풍경이었다.

정민 또한 놀라지 않을 수 없었다. 그가 이제껏 과거로 돌아와 본 도시들 가운데에서 가장 장관이었다. 금나라에서도 보지 못한 위대한 대항구, 천주의 모습을 드디어 눈에 담게 된 것이었다.

1165년 7월 2일, 그렇게 정민의 함대는 남송 천주의 항구로 들어갔다.

〈『왕조의 아침』 제8권에서 계속〉

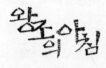

1판 1쇄 찍음 2015년 11월 30일
1판 1쇄 펴냄 2015년 12월 4일

지은이 | 김경록
펴낸이 | 정 필
펴낸곳 | 도서출판 뿔미디어

편집장 | 이재권
기획 · 편집 | 문정흠

출판등록 | 2002년 9월 11일 (제1081-1-132호)
주소 | 경기도 부천시 원미구 소향로 17번길(두성프라자) 303호 (우) 14544
전화 | 032)651-6513 / 팩스 032)651-6094
E-mail | bbulmedia@hanmail.net
홈페이지 | http:/bbulmedia.com

값 8,000원

ISBN 979-11-315-6905-4 04810
ISBN 979-11-315-3650-6 04810 (세트)